MÄDCHENTALK mit BarbaraSofie

ALLES, WAS DU SCHON IMMER FRAGEN WOLLTEST

CO-AUTORIN: NADJA FENDRICH

ILLUSTRIERT VON LAURA ROSENDORFER

Loewe

Alles neu? Alles normal!

Oh nein ... 😣 jetzt ist es tatsächlich so weit ...

Das waren meine allerersten Gedanken, als ich auf der Toilette sitzend den Fleck in meiner Unterhose entdeckte. Ich war gerade 13 Jahre alt geworden, hatte furchtbar schlecht gezupfte Augenbrauen (im Prinzip hatte ich alles weggezupft, was mal da gewesen war), einen Einweg-Rasierer, den ich krampfhaft versuchte, vor meinen Eltern zu verstecken (Achselhaare = MEGAPEINLICH), und reine Haut sah definitiv auch anders aus (nämlich wie die von meiner besten Freundin).

Nun hatte ich also tatsächlich auch noch meine TAGE bekommen. Na toll. Das muss ich bestimmt meiner Mum erzählen – oder lieber meinem Dad? Nein, Mama ist mit Sicherheit doch die bessere Ansprechpartnerin für ein solches Thema. Aber wie sage ich es ihr? Und warum ist mir das überhaupt so peinlich???

Viele meiner Freundinnen in der Schule hatten

schon ihre Tage und ich war mir sicher: Keine von ihnen empfand das als so nervig wie ich. Was genau passiert da eigentlich im Körper? Irgendwas hat unser Biolehrer doch letztens im Unterricht erwähnt ... irgendwas mit EISPRUNG und GEBÄRMUTTER und andere Wörter, die mir irgendwie sehr befremdlich waren.

Es ist schon komisch, oder? Bereits so viele Jahre ist es her, dass ich in die PUBERTÄT gekommen bin, und trotzdem erinnere ich mich noch ganz genau daran, wie sich alles an diesem Tag angefühlt hat. Obwohl ich theoretisch schon vieles wusste, sowohl von Lehrern als auch von Freundinnen, und eigentlich damit gerechnet hatte, dass es bald bei mir passiert: Irgendwie hat mich in diesem Moment und noch einige Jahre danach alles vollkommen überfordert.

Die Pubertät ist eine schwierige Zeit, aber sie ist auch wunderschön. Es gibt keine Zeit im Leben mit so vielen Aufs und Abs wie die Pubertät. Es ist verwirrend und manchmal schmerzhaft (und ich spreche hier sowohl von Periodenkrämpfen als auch Liebeskummer), aber gleichzeitig wahnsinnig toll. Nie habe ich so viel Neues erlebt: das erste Mal richtig VERLIEBT sein, das erste Mal LIEBESKUMMER, das erste Mal einen BH kaufen, der erste KUSS, das erste – wenn auch garantiert nicht letzte – Mal gegen die Mitesser und Pickel in meiner T-Zone ankämpfen, das erste Mal meine Tage und ... DAS ERSTE MAL.

In den sieben Jahren, die ich jetzt schon auf YouTube bin, haben mich unzählige Fragen zu all diesen Themen erreicht und tun es bis heute täglich. Deshalb möchte ich, dass dir dieses Buch in dieser ganz besonderen Zeit zur Seite steht und als Ratgeber dient. Immer dann, wenn du gerade nicht weiterweißt und dir alles zu Kopf steigt, öffne dieses Buch und denk dran: Du bist nicht allein! Es ist ALLES NORMAL!

#BH

#PUPERTÄT

#SELBSTBEWUSSTSEIN

#PICKEL

WAS PASSIERT mit meinem KÖRPER?

Hilfe, was passiert mit mir?

#DiePubertät – was ist das eigentlich?

PUBERTÄT – allein dieses Wort ist komisch, oder? Ich fand es schon immer irgendwie doof, aber so wird nun mal die Zeit der Geschlechtsreife (ein noch schlimmeres Wort, ich weiß!) bezeichnet. Die Hormone spielen verrückt und Mädchen und Jungs werden zu Jugendlichen und dann zu Frauen und Männern. Bei Mädchen beginnt die Pubertät ungefähr zwischen 9 und 13 Jahren, bei Jungs ist es etwas später so weit.

Aber bei Mädchen und Jungs passieren ähnliche Dinge – die HORMONE lassen die inneren und äußeren Geschlechtsorgane ausreifen, die Stimme wird tiefer (ja, auch Mädchen haben einen kleinen Stimmbruch!) und noch etwas verändert sich – die Haut. Du bekommst Pickel! Und du schwitzt mehr als sonst! AAAHHH!

Auf jeden Fall geht die Pubertät nicht erst los, wenn du

deine Tage bekommst, sondern schon viel früher. Deine **BRÜSTE** entwickeln sich langsam, **SCHAM- UND ACHSELHAARE** wachsen – und überhaupt: Du wächst, deine **HÜFTE** weitet sich – deine Figur wird weiblicher! Das ist toll und beängstigend zugleich, oder?

Und mal hast du **SCHLECHTE LAUNE**, dann wieder **GUTE LAUNE**, schlechte Laune, gute Laune – und du denkst: Hilfe, was passiert mit mir? Keine Sorge – das ist alles neu, aber alles **NORMAL**! Ich habe das erlebt, deine Mama und deine Oma – und deine Freundinnen stecken gerade genauso drin wie du, die einen früher, die anderen später ... und wie gesagt, den Jungs geht es auch nicht besser.

Ab wann brauche ich einen BH?

Ungefähr mit zehn Jahren fangen deine **BRÜSTE** an zu wachsen – erst treten die **BRUSTWARZEN** ein wenig hervor und manchmal spannt es unangenehm, aber keine Sorge, das ist überhaupt nichts Schlimmes und tut kaum weh. Ich fand es sogar ziemlich cool, meinen allerersten **BH** zu kaufen. Eigentlich war es nicht einmal ein richtiger BH, sondern ein **BUSTIER**, aber so oder so war es für meine Freundinnen und mich ziemlich aufregend! Ich stand damals, wahrscheinlich genauso wie du auch, häufig immer mal heimlich vor dem Spiegel und habe beobachtet, wie sich meine Brüste nach und nach veränderten.

Wie deine Brüste werden – ob groß, klein, rund oder spitz – kannst du nicht beeinflussen. Und es kann auch sein, dass eine Brust schneller wächst als die andere, aber das gleicht sich meistens wieder aus. Alles normal! Manche Mädchen und Frauen schämen sich für ihre Brüste, weil sie zu klein sind.

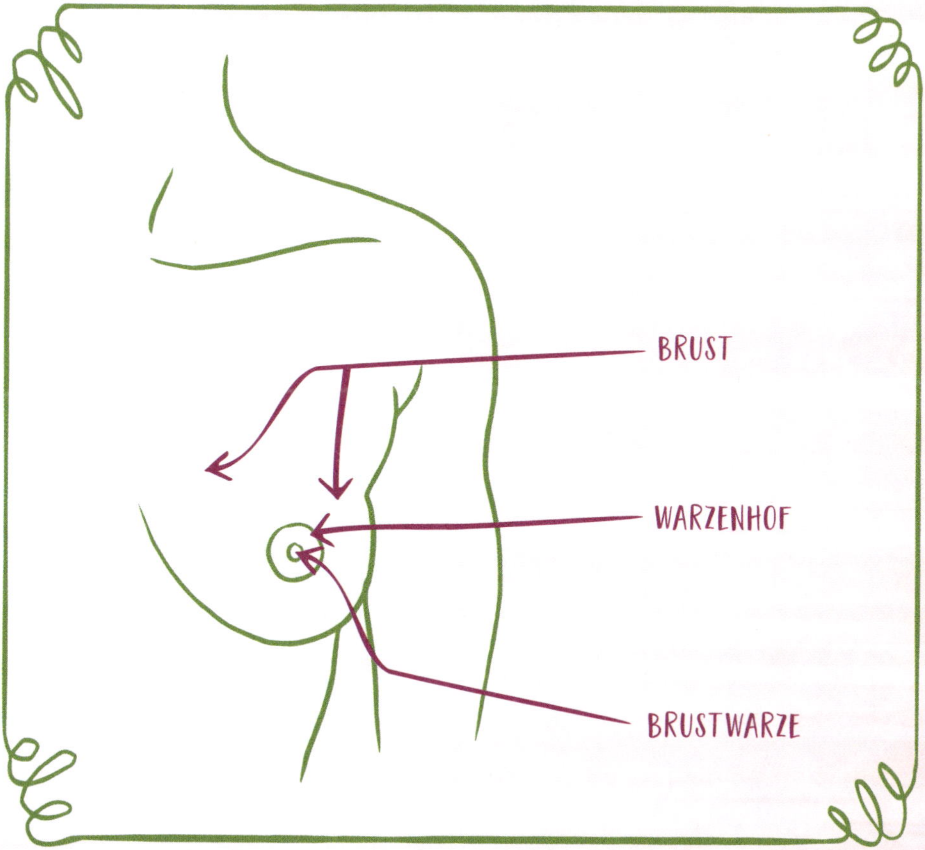

DIE WEIBLICHE BRUST ...

... besteht übrigens aus Fett- und Bindegewebe und den Brustdrüsen, die die Muttermilch produzieren.

Andere, weil sie zu groß sind – verrückt, oder? Aber das hast du vielleicht auch schon bei deinen Freundinnen mitbekommen oder du hast dich selbst mit ihnen oder anderen Mädchen aus deiner Klasse verglichen. Das macht vermutlich jedes Mädchen, aber du wirst merken, dass das Thema Brüste irgendwann gar nicht mehr so wichtig ist. Dann sind sie einfach da und gehören zu dir! Versuch, dich dafür zu feiern, und die gute Nachricht ist: Es gibt für jede Größe einen passenden BH!

Wie finde ich den perfekten BH?

Wenn die Brüste noch wachsen, sind sie oft empfindlich und können sich auch unangenehm unter dem T-Shirt anfühlen – dann kaufst du dir am besten, so wie ich damals, ein **BUSTIER**, das ist wie ein kurzes Tanktop. Die gibt es in den normalen Kleidungsgrößen in den Unterwäscheabteilungen oder auch im Internet. Probiere sie ruhig an und teste sie aus. Sind sie bequem und sitzen gut? Mit einem Bustier wirst du dich bestimmt sicherer fühlen, gerade auch beim Sport. Wenn du dich auch ohne Bustier wohlfühlst – dann trägst du eben keins – das ist überhaupt kein Muss!

Wenn deine Brüste größer sind, kannst du dann einen richtigen BH mit oder ohne Bügel kaufen. **BH** ist übrigens die Abkürzung für das Wort **BÜSTENHALTER** – und es gibt viele verschiedene Varianten davon. Mit oder ohne Bügel, mit oder ohne Cups, mit oder ohne Träger und so weiter. Ganz wichtig: Achte immer darauf, dass dir der BH auch wirklich gut passt! Wusstest du, dass die meisten Frauen einfach 75 B tragen, obwohl es gar nicht ihrer richtigen Größe entspricht?

Als Schülerin habe ich mal in einem Unterwäscheladen als Aushilfe gearbeitet. Ich erinnere mich noch, wie viele Kundinnen einen BH getragen haben, der ihnen gar nicht richtig passte. Das ist auf Dauer nicht nur unangenehm, sondern kann auch Rücken- oder Schulterschmerzen verursachen! Aber keine Angst, bei der Auswahl des BHs helfen dir die Größenangaben und ich gebe dir auch ein paar Tipps, die **RICHTIGE GRÖßE ZU FINDEN**.

BHs haben immer zwei Größenangaben: eine Zahl, die ist wichtig für den Umfang des BHs, und einen Buchstaben, der steht für die **CUP- ODER AUCH KÖRBCHENGRÖßE** – also die Brustgröße.

SO MISST DU DEINE UNTERBRUSTWEITE:

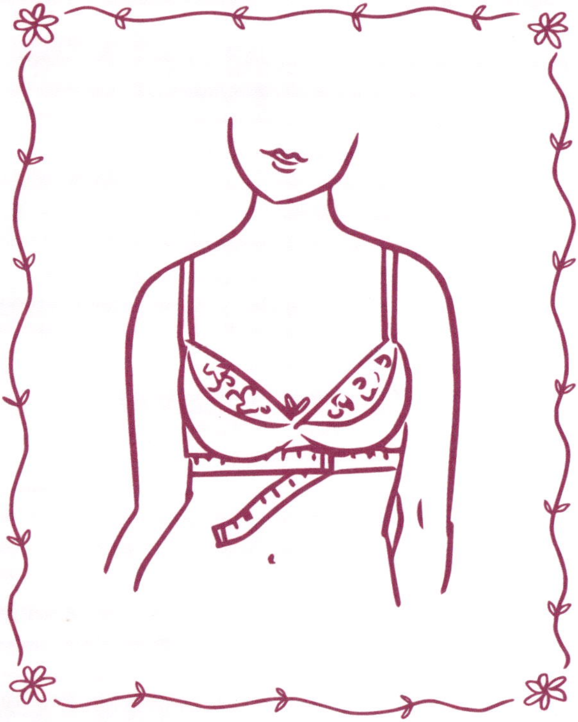

Unterbrustweite:

Für die Zahl legst du ein Maßband eng unter der Brust an und misst den Umfang über den Rücken herum. Wenn die Zahl zum Beispiel 75 cm lautet, hast du deine erste BH-Größe herausgefunden. Zu beiden Größen gibt es im Internet auch anschauliche Tabellen.

UND SO FINDEST DU DEINE KÖRBCHENGRÖẞE HERAUS:

Überbrustweite:

Für den Buchstaben legst du das Maßband über dem höchsten Punkt deiner Brust an und misst diesen Umfang – dann hast du die Körbchengröße. Wenn der Umfang etwa 70 cm beträgt, kannst du ein A- oder B-Cup ausprobieren. A oder B sind eher kleine Cupgrößen, C oder D schon größere.

Wichtig beim BH ist, dass das untere Band fest sitzt. Es sollten noch so zwei Finger durchpassen, und das Band muss parallel zum Boden laufen, also nicht nach oben Richtung Schultern rutschen, dann ist es zu locker! Und achte beim Kauf darauf, dass du die letzten Häkchen hinten schließt, denn das Band lockert sich noch und dann kannst du die vorletzten Häkchen zum Schließen benutzen. Wenn du von Anfang an die ersten Häkchen verwendest und sich das Band mit der Zeit weitet, ist der BH dir zu groß!

Die Körbchen sollten deine Brust fest umschließen und der Bügel der Cups muss unterhalb deiner Brüste sitzen. Auch der Steg, der die Cups verbindet, sollte dicht anliegen.

AAAHHH – klingt kompliziert? Ist es auch, aber nur in der Theorie ☺ – in der Praxis kannst du einfach mal messen und dann ein paar BHs mit in die Umkleidekabine nehmen und ausprobieren, welche Größe dir am besten passt. Denn natürlich fallen auch BHs unterschiedlich aus – es kann sein, dass du in dem einen BH einen B-Cup, im nächsten aber einen C-Cup hast. Im Prinzip ist es wie bei allen anderen Kleidungsstücken auch: Eine Größe ist nicht gleich eine Größe und Anprobieren hilft da immer am besten.

Wenn du dich traust, kannst du dich auch in einem Fachgeschäft ausmessen und beraten lassen. Die Idee kommt dir vielleicht beim Lesen jetzt unangenehm vor, aber da ich früher wie gesagt selbst in so einem Laden ausgeholfen habe, kann ich dir versichern: Die Verkäuferinnen freuen sich, wenn sie dir helfen können. Und mit einem wirklich gut sitzenden BH fühlst du dich im Alltag viel wohler! Es lohnt sich also, nicht einfach irgendeinen zu kaufen, sondern den richtigen.

BH-Hacks:

- Probiere den BH auch mal unter einem T-Shirt aus und schau, wie es wirkt. Vielleicht beult der BH dein Shirt komisch aus, dann ist er nichts.

- Wusstest du, dass unter einem weißen T-Shirt ein hautfarbener BH am besten aussieht? Der fällt nämlich gar nicht so auf unter weiß!

- Wenn du willst, dass man die BH-Träger nicht sieht, zum Beispiel unter Sommerkleidern, kauf dir BHs ohne Träger, **KLEBE-BHS** oder solche mit **ABNEHMBAREN TRÄGERN**!

- Wenn der BH-Träger immer unter dem Topträger hervorrutscht und dich total nervt, befestige ihn einfach mit einer Sicherheitsnadel oder mit einem Druckknopf!

- Dein BH ist noch voll schön und passt dir gut, aber **AUTSCH** – der Bügel sticht, weil ein Loch drin ist? Das lässt sich ganz leicht beheben. Verschließ das Loch erst mit Flüssigkleber und nähe es dann zu.

- Und natürlich kannst du mit BHs auch super an deiner Brustgröße tricksen: **PUSH-UP-** oder **MINIMIZER-BHS** lassen die Brüste größer oder kleiner wirken.

- Wenn du mal gar keinen BH anziehen möchtest, dann ist auch das okay! Gerade im Sommer trage ich unter Kleidern und Tops häufiger keinen, weil ich es ohne bequemer finde. Es gibt sehr viele Möglichkeiten und am Ende entscheidest du, welche die richtige für dich ist! Wichtig ist nur, dass *du* dich wohlfühlst.

Das Pickel-Problem

Die schlechte Nachricht gleich vorweg: Es gibt kein Wundermittel gegen PICKEL, AKNE und UNREINE HAUT. Die gehören einfach zur Pubertät dazu, bei der einen mehr, bei der anderen weniger. Ich war leider eine von denen, die eher viele Pickel hatten, oft tiefsitzende Pickel an Kinn und Wangen, dazu Mitesser in der T-ZONE und fettige, ölige Haut.

DIE T-ZONE

Klingt ganz und gar nicht schön, das war es auch nicht. Ich hatte das Gefühl, die ganze Welt starrte mich an, und was noch schlimmer war: Gefühlt hatten alle meine besten Freundinnen perfekte, reine Haut! Wie ungerecht!

Aber bestimmt hatten die auch Pickel, nur habe ich das gar nicht bemerkt, weil ich so mit meinen eigenen Hautproblemen beschäftigt war. Und ich habe wirklich viel versucht, um sie loszuwerden. Mein Hautarzt hat mir Salben verschrieben und ich habe mir teure Produkte aus der Apotheke gekauft, aber so richtig geholfen haben die alle nicht. Und die Mittel aus der Drogerie waren oft zu aggressiv, sie haben meine Haut ausgetrocknet und Unreinheiten auf Dauer eher verschlimmert als verbessert.

DON'T:

- Was auch nicht geholfen hat, auch wenn du das bestimmt schon oft gehört hast: Zahnpasta auf den Pickel schmieren. Das irritiert die Haut nur noch mehr!

- Und drück nicht an den Pickeln herum, sonst machst du die Entzündung nur noch schlimmer. Mein Tipp ist nämlich: Lass deine Pickel in Ruhe! Auch wenn das mega schwerfällt, das weiß ich selbst am besten. Klar, wenn sie REIF sind, du also den Eiter sanft ausstreichen kannst, dann solltest du das tun. Aber achte darauf, dass deine Hände und auch dein Gesicht vorher gewaschen sind!

- Denk dran, nicht ständig mit deinen Händen ins Gesicht zu fassen und auch deine Handy-Oberfläche regelmäßig zu reinigen. Denn darauf tummeln sich jede Menge Bakterien und wenn du mit dem Smartphone am Ohr bzw. an der Wange telefonierst, gelangen die auf deine Haut.

Tipps gegen Pickel und Akne

Auch wenn ich gesagt habe, dass es kein Wundermittel gibt, so habe ich dennoch herausgefunden, dass man einiges tun kann, um sein Hautbild zu verbessern. Doch das geht nicht von heute auf morgen! Das ist meistens ein Prozess über Monate! Glaub mir, wie oft habe ich ein angeblich tolles (und teures!) ANTI-PICKEL-PRODUKT gekauft, ausprobiert und gehofft, dass quasi über Nacht all meine Pickel verschwinden – und damit ein großer Teil meiner Probleme. Ich weiß sehr gut, wie sehr dieses Thema einen belasten kann. Meine Hoffnungen, was das angeht, wurden jedoch immer enttäuscht. Aber nicht verzagen, es gibt einige Tipps, die ich dir an die Hand geben kann:

DO:

- Das Wichtigste ist, dass du deine Pickel in Ruhe lässt und dein Gesicht morgens und abends mit einer MILDEN WASCHLOTION OHNE ALKOHOL wäschst.

- Wenn du Make-up benutzt, solltest du dich IMMER abends ABSCHMINKEN. Ich habe das natürlich auch manchmal vergessen oder war einfach zu müde und hatte dann morgens gleich einen Pickel mehr.

- ☆ Und verwende nach der Reinigung eine milde Feuchtigkeitslotion – bei trockener Haut am besten eine sanfte Gesichtscreme ohne viele Zusatzstoffe.

- ☆ Vor allem: Benutze nicht hundert Produkte auf einmal. Das ist viel zu viel für deine Haut – und das braucht sie auch gar nicht, um schön zu sein. Konzentrier dich lieber auf ein paar richtig gute Produkte mit unbedenklichen Inhaltsstoffen.

- ☆ Verwende Produkte, die dein **HAUTTYP** verträgt. Dabei muss nicht unbedingt das, was für deine Freundin gut ist, für dich gut sein. Wir alle haben verschiedene Hauttypen und auch hier muss man erst mal das richtige Produkt für sich finden.

Make-up-Tricks

Was die Haut sehr schnell viel reiner aussehen lassen kann, ist natürlich **MAKE-UP**! Aber Vorsicht: Gerade als Anfänger kann man da leicht mal übertreiben. Das weiß ich noch allzu gut aus eigener Erfahrung! Da ich meine Pickel so sehr gehasst habe, habe ich eine Zeit lang jeden Tag in der Schule CAMOUFLAGE-Make-up getragen. Camouflage ist extrem stark deckendes Make-up, das auch im Theater verwendet wird und eigentlich nur dann gut aussieht, wenn man es sehr sparsam und gleichmäßig aufträgt.

Diese Art von Make-up würde ich dir deshalb nur empfehlen, wenn du ein starkes Pickelproblem hast und alles andere schon ausprobiert hast. Denn achte darauf, dass du bei sehr schlechter Haut trotzdem nicht mehrere Schichten aufträgst. Das ist nicht gesund für die Haut, sieht unnatürlich aus und rückt die Pickel auch wieder eher in den Vordergrund. Ich habe dazu viel ausprobiert und du kannst das auch in meinen Videos finden.

Bei leichten und normalen Hautunreinheiten reicht dagegen eine leicht bis mittelstark deckende FOUNDATION oder BB-CREAM in Kombination mit einem speziellen CONCEALER nur für Pickel. Egal, ob du dein Make-up am liebsten mit einem Pinsel oder deinen Fingern aufträgst,

fang am besten in der Mitte von deinem Gesicht an und verteile es immer weiter nach außen. Dann kannst du direkt auf Pickel oder Rötungen einen Concealer auftragen und anschließend einen transparenten Puder verwenden – der fixiert das Make-up. Es hält also viel länger, auch wenn du schwitzt. Und nicht vergessen: **ABENDS ABSCHMINKEN**! ☺

Tipp:

Wenn du zum Schminken Pinsel oder Schwämmchen verwendest, dann wasche sie unbedingt regelmäßig! Sonst sammeln sich auf der Oberfläche Bakterien, die du immer wieder aufs Neue im Gesicht verteilst!

Die richtige Ernährung

Als Teenager habe ich **SCHOKOLADE** geliebt – und ich tue es bis heute! Leider ist viel Süßes und Schokolade wirklich nicht besonders gut für dich und deine Haut. Bei manchen Leuten macht es vielleicht keinen Unterschied, aber bei einigen eben schon, und ich gehöre definitiv dazu. Ich habe als Teenie deshalb ausprobiert, mal konsequent auf **SCHOKOLADE UND SÜßIGKEITEN, CHIPS, COLA UND CO.** zu verzichten, wenig Fleisch zu essen, keine Milch zu trinken, dafür viel Tee und Wasser – und es hat geholfen! Ein bisschen zumindest, denn ich habe dir ja schon gesagt, dass die Haut nicht von heute auf morgen besser wird, sondern mit der Zeit – und natürlich darfst du auch Süßigkeiten essen oder Cola trinken – achte nur darauf, dass es in Maßen ist. Nicht nur für deine Haut, sondern generell für deine Gesundheit und dein Wohlbefinden!

Und es gibt eine gute Nachricht: Die Haut wird bei den allermeisten auch automatisch besser mit 18, 19, 20 … Du kannst also deine Pickel mit der **RICHTIGEN PFLEGE** und **ERNÄHRUNG** eindämmen und mit der Zeit und mit dem Älterwerden ganz loswerden. So war es auch bei mir. Heute habe ich kaum noch Hautprobleme – das war früher für mich undenkbar! Klar, hier und da bekomme ich auch mal einen Pickel (besonders wenn ich meine Tage habe), aber lange nicht mehr so viele und so schlimm wie in der Pubertät.

SOS-DIY-Produkte gegen Pickel

Auch wenn meine Haut heute viel besser ist, liebe ich es, sie zu pflegen und verwende gerne **GESICHTSMASKEN** und **GESICHTSWASSER**. Die müssen auch gar nicht teuer sein und du kannst sie sogar selbst machen – die meisten Zutaten sind in jeder Küche zu finden, es geht wirklich supereasy!

Hier meine liebsten DIY-Rezepte:

Honig-Zimt-Maske

(meine absolute Lieblingsmaske ☺)

Du brauchst:

2 TL HONIG

1 TL ZIMT

Rühre zwei Teelöffel Honig und einen Teelöffel Zimt zusammen und trage die Mischung auf den Pickel auf. Ziemlich klebrig? Macht nichts! Lass die Maske 15 Minuten einwirken. Honig und Zimt sind entzündungshemmend und antibakteriell, das heißt, sie beugen neuen Pickeln vor, und Zimt peelt die Haut angenehm. Danach mit lauwarmem Wasser abwaschen und die weiche Haut genießen!

Mattierende Schokomousse-Maske

Wenn du eher fettige Haut hast, empfehle ich diese Maske:

Du brauchst:

1 EIWEIẞ
1 TL BACKKAKAO

Schlag dafür ein Eiweiß mit dem Mixer auf (das Eigelb kannst du einfach für Rührei verwenden), gib einen Löffel Backkakao dazu, vermisch dann alles gut und trag es auf die Haut auf. Das Eiweiß saugt Öle auf, die der Nährboden für Bakterien sind – also für fettige Haut. Die Maske solltest du etwa zehn Minuten einwirken lassen und creme dein Gesicht nach dem Abwaschen am besten ein, da die Maske die Haut leicht austrocknet.

Honig-Joghurt-Feuchtigkeitsmaske

Diese Maske eignet sich besonders gut für trockene Haut, denn sie spendet Feuchtigkeit, reduziert Schwellungen und die antibakterielle Wirkung des Honigs mindert Entzündungen:

Du brauchst:

1 TL HONIG

1 TL NATURJOGHURT

Misch einen Teelöffel Honig mit einem Teelöffel Naturjoghurt. Das lässt du 15 Minuten einwirken – denk dran, den Joghurt frisch aus dem Kühlschrank zu holen, dann kühlt er auch noch angenehm!

Essigwasser

Du brauchst:

APFELESSIG

WASSER

Hierfür vermische 1/3 Apfelessig (riecht nicht so gut, tötet aber die Bakterien ab und saugt überschüssige Öle auf) mit 2/3 Wasser und tupfe die Mixtur gezielt mit einem Wattestäbchen auf die Pickel auf und wasch sie nach ein paar Minuten wieder ab. Diese Behandlung kannst du auch mehrmals am Tag wiederholen. Oder du verwendest die Mischung als Gesichtswasser nach der abendlichen Reinigung und lässt sie über Nacht einwirken. Dafür trägst du sie mit einem Wattepad großflächig auf dem ganzen Gesicht auf.

Zitronen-Joghurt-Tupfer

Du brauchst:

½ ZITRONE

2 TL JOGHURT

Dafür presst du etwas Zitronensaft aus und verwendest ihn pur oder mischst ihn mit etwas Joghurt – das ist ein wenig sanfter für die Haut. Die Zitronensäure trocknet Pickel aus und wirkt als natürlicher Aufheller. Regelmäßig aufgetragen, kann er also gerötete Stellen auch von alten Pickeln ein wenig abschwächen. Davon solltest du aber lieber nur kleine Mengen anfertigen und im Kühlschrank aufbewahren, denn diese Mischung hält nur ein paar Tage.

Teebaumöl-Tupfer

Du brauchst:

TEEBAUMÖL

Ein tolles Mittel gegen unreine und gereizte Haut ist Teebaumöl – das kann man mehrmals täglich direkt auf die Pickel auftragen oder vorher mit etwas Wasser verdünnen.

Du kannst auch einfach ein paar Tropfen Teebaumöl in deine Gesichtslotion, dein Waschgel oder dein Gesichtswasser geben – schon hast du ein Anti-Pickel-Produkt!

Anti-Pickel-Peeling/Pflege-Peeling

Peelings sind deshalb empfehlenswert, weil sie abgestorbene alte Hautschüppchen entfernen, die sonst die Poren verstopfen, was zu neuen Pickeln führen kann.

Du brauchst:

ZUCKER (WEIß UND BRAUN)
HAFERFLOCKEN
OLIVEN- ODER KOKOSÖL

Für ein schnelles Peeling mischst du normalen und braunen Zucker, gibst ein paar Haferflocken dazu und etwas Oliven- oder Kokosöl. Diese Öle machen tolle Haut und sind in vielen Pflegeprodukten enthalten. Du brauchst also keine Angst zu haben, dass sie ölige Haut verstärken – im Gegenteil! Sie beruhigen die Haut eher und wenn du die Paste abgewaschen hast, ist noch ein kleiner Film Oliven- oder Kokosöl auf deinem Gesicht, den du am besten nicht mit dem Handtuch entfernst, sondern mit den Fingern einmassierst – das ist eine wunderbare Pflege und gibt ein schönes Hautgefühl. Solltest du aber diese Öle nicht mögen, kannst du das Peeling auch einfach mit Wasser anmischen.

Tipp:

Teste die einzelnen Produkte am besten immer vorab auf deiner Haut aus, ob du sie wirklich verträgst. Auch auf Hausmittel kann die Haut allergisch reagieren!

Nur ein Pickel?

Wichtig ist, dass du deine Haut regelmäßig und über einen längeren Zeitraum pflegst. All diese **DIY-ANTI-PICKEL-REZEPTE** sind eine tolle und günstige Alternative zu oft völlig überteuerten Produkten aus dem Laden, aber sie lassen deine Pickel nicht von heute auf morgen verschwinden. Lass dich von schlechter Haut nicht unterkriegen! Letztendlich ist sie nur oberflächlich und ein Pickel ist nur ein Pickel!

Body Shaming – Was ist das?

Früher wurde in meiner Klasse ein Junge geärgert. Warum? Weil er große Ohren hatte. Besonders die Jungs in unserer Klasse haben ihn jeden Tag vor Schulbeginn und während der Pausen gehänselt, ihn „Dumbo“ genannt und einfach nicht in Ruhe gelassen. Vielleicht kommt dir das bekannt vor, wenn du an jemanden aus deiner Klasse denkst? Wenn jemand wegen seines Aussehens oder bestimmter Körperteile beleidigt wird, dann nennt man das BODY SHAMING. Es kann aber auch sein, dass du selbst ständig an deinem Körper etwas auszusetzen hast: Meine Oberschenkel sind zu dick, meine Brüste sind

zu klein, meine Haare zu dünn ... auch das ist Body Shaming!

In der Werbung, im Film und natürlich auch auf SOCIAL MEDIA sehen wir ständig Bilder von anderen, auf denen sie perfekt aussehen. Wir sehen ein vermeintlich perfektes Leben und fragen uns dann schnell: „Warum ist mein Leben eigentlich nicht so?" oder „Warum kann ich nicht so aussehen?". Wisst ihr, was? Obwohl ich selbst seit 7 Jahren online unterwegs bin und Videos und Bilder von mir poste: Auch ich falle manchmal darauf rein! Aber niemand ist perfekt und sieht perfekt aus. Darüber rede ich deshalb oft in meinen Videos, weil es so wichtig ist, das immer im Hinterkopf zu behalten. Die meisten Bilder sind bearbeitet und es braucht viele Versuche, bis das „perfekte" Foto entsteht, das dann irgendwann auf Instagram landet. Die meisten von uns wissen das zwar, dennoch beeinflusst es natürlich unsere Wahrnehmung von anderen und auch von uns selbst. Wir sind kritisch mit uns selbst und mit anderen und sind häufig viel zu sehr auf Oberflächlichkeiten konzentriert.

Aber Body Shaming oder MOBBING kann einen wirklich fertigmachen, es grenzt aus, es kann zu Essstörungen führen, es vermindert das Selbstbewusstsein bis hin zu schweren Depressionen und kann sogar zum Selbstmord führen. Wenn du selbst Opfer von Mobbing oder Body Shaming bist, schweig nicht und zieh dich nicht zurück. Schreib dir auf, wer wie wann was zu dir gesagt hat, und wende dich an deine Eltern, Verwandte, Freunde, Vertrauenslehrer ...

Und sei ehrlich zu dir selbst: Manchmal lästerst du mit deiner Freundin über andere ... Der oder die hat einen dicken Pickel, hat zugenommen und so weiter. Das ist nicht nett und auch nicht okay, wenn es „nur" in WhatsApp-Chats ausgetauscht wird und die andere Person es nicht mitbekommt. Ein kleines bisschen über andere lästern, das hat wohl jeder schon mal gemacht, weil es dich denen näherbringt, mit denen du gerade sprichst. Aber denk immer daran: Damit verletzt du andere, manchmal sogar viel mehr, als du glaubst. Du möchtest schließlich auch nicht, dass so über dich geredet wird.

Übrigens hat der Junge, von dem ich vorhin erzählt habe, die Schule gewechselt. Und dass nur, weil er große Ohren hatte ... Wenn ich es mir recht überlege, waren seine Ohren eigentlich fast normal ... Aber das ist es eben. Was ist normal, was finden andere normal – bin ich normal? Ja, du bist normal und die anderen auch. Oder eben normal anders. Auf jeden Fall gibt es keinen Grund, sich selbst oder andere fertigzumachen.

Und wie du es schaffst, selbstbewusster zu werden, erkläre ich dir im nächsten Kapitel.

Wie werde ich selbstbewusst?

Die Pubertät ist eine aufregende Zeit, aber sie ist auch nicht immer einfach. Wenn ich so recht drüber nachdenke, war sie für mich immer von Extremen geprägt: Ich hab mich nie so oft so überglücklich, aber auch nie so oft so traurig in meinem Leben gefühlt. Du veränderst dich, dein KÖRPER und deine Gedankenwelt verändern sich und es ist gar nicht so leicht, sich selbst so zu akzeptieren, wie man ist. Und glaub mir, selbst das hübscheste Mädchen in deiner Klasse oder der süßeste Junge hat etwas an sich auszusetzen und ist in manchen Dingen unsicher.

Wenn es um deinen Körper geht, versuch dir abzugewöhnen, nur ständig an das zu denken, was an ihm nicht stimmt. Fang stattdessen an aufzuzählen, was du an dir magst. Stell dir vor, du würdest mit deiner Schwester oder deiner besten Freundin sprechen. Würdest du ihr jemals sagen, dass sie zu hässlich, zu

dick, zu dünn, zu pickelig, zu irgendwas ist? **NEIN!** Und warum nicht? Weil du nur das Beste für sie willst und sie wunderbar findest, so wie sie ist. Genauso solltest du auch mit der Person umgehen, mit der du die meiste Zeit in deinem Leben verbringen wirst: du selbst! Und lass dir da bloß nichts anderes einreden!

Wenn die negativen Gedanken wieder auftauchen, dann denk immer daran, was du an dir magst. Zähl es auf: Vielleicht hast du besonders schöne Haare, ein umwerfendes Lächeln und strahlende Augen – mach dir mal **EINE LISTE**!

Und klar, ich denke, dass jede und jeder mal irgendwie von irgendwem einen blöden Kommentar zu etwas abbekommt, aber mach dir bewusst, dass **NIEMAND PERFEKT** ist. Leute, die so was sagen, wollen damit nur ihre eigene Unsicherheit verdecken. Und es gibt auch Themen, die dich jetzt sehr beschäftigen, die jedoch in ein paar Jahren gar nicht mehr wichtig sind. So war es bei mir mit meinen Hautproblemen. Irgendwann waren die weg! Mit der Zeit gewinnst du an

Selbstvertrauen, lernst dich besser kennen und vor allem auch, dass dein Aussehen nicht so wichtig ist.

Ich habe neben meinen Hautproblemen auch andere heftige Sorgen in meiner Pubertät gehabt – meine Eltern haben sich getrennt und das war eine schwierige Zeit für mich, in der ich auch eine Essstörung entwickelt habe. Zum Glück haben meine Freundinnen einen Vertrauenslehrer darüber informiert, der dann viel mit mir geredet hat. Wenn ihr solche Probleme habt, dann SUCHT EUCH UNBEDINGT HILFE. Allein ist es schwer, da rauszukommen. Ich habe es dann langsam geschafft, Essen wieder als etwas Schönes und Gesundes wahrzunehmen, was am Leben hält und von innen schön macht.

Und es gibt noch viele andere Sachen, die von innen schön machen, die dich stark und selbstbewusst werden lassen.

Ist dir schon mal aufgefallen, wie sich das Wort SELBSTBEWUSST zusammensetzt? Aus *selbst* und *bewusst*! Sei dir deiner selbst bewusst! Wenn du weißt, wie du bist, was du kannst, was du willst, dann macht das selbstbewusst!

Und noch etwas: Ich habe ganz bewusst die Entscheidung getroffen, die DINGE POSITIV ZU SEHEN. Es gibt an jedem Tag etwas Gutes und ich habe nur dieses eine Leben, da ist es nicht so wichtig, wie man aussieht, sondern was man aus seinem Leben macht!

15 Hacks für mehr Selbstbewusstsein

1. Achte auf deine Körperhaltung! Halte deinen Rücken gerade, richte den Kopf und den Blick nach vorne – dadurch wirkst du automatisch selbstbewusst.

2. Schau den Leuten beim Sprechen in die Augen – und versuche mal, fremde Leute anzusprechen. Nach dem Weg oder der Uhrzeit zu fragen ...

3. Denk immer daran, dass die meisten Menschen so sehr mit sich selbst beschäftigt sind, dass sie kleine Fehler bei anderen gar nicht wahrnehmen! Wenn Leute bei einer Theateraufführung den Text vergessen, improvisieren sie einfach. Ruf dir das bei deinem nächsten Vortrag vor der Klasse in Erinnerung ☺.

4. Atme! Klingt komisch? Wenn du aufgeregt bist, zum Beispiel vor einem Vortrag vor der Klasse, kannst du dich durch ruhiges Ein- und Ausatmen beruhigen.

5. Schau in den Spiegel und lächle – das hat eine doppelte Wechselwirkung, glücklich sein kommt beim Lachen! Lächle andere an – sie werden zurücklächeln!

6. Mach dir selbst Komplimente – schreib auf, was dir an dir gefällt, nicht nur was dein Aussehen angeht, auch deine Talente, deine Art und so weiter …

7. Mach anderen Komplimente – es ist ein schönes Gefühl, anderen gute Laune zu machen, es kommt immer was zurück und es wirkt sehr selbstbewusst, anderen etwas Nettes sagen zu können …

8. Tu etwas für andere – einfach so! Mach deiner besten Freundin ein Geschenk, hilf deinem kleinen Bruder bei den Hausaufgaben – wenn du etwas Gutes in die Welt setzt, kommt es irgendwann zu dir zurück. Und schenken macht sogar noch glücklicher, als selbst etwas zu bekommen. Probier es aus!

9. Beweg dich – mach Sport, geh an die frische Luft, häng nicht den ganzen Tag mit deinem Smartphone auf dem Bett rum, das zieht dich runter!

10. Wenn du noch kein Hobby hast, dann such dir eins! Geh tanzen, in den Sportverein, lerne ein Instrument oder was auch immer. Es macht selbstbewusst, wenn man etwas kann, was nicht jeder kann. Dadurch hast du Erfolgserlebnisse und bist mit dir selbst zufrieden!

11. Schreib mal deine Erfolgserlebnisse auf – alles worauf du in deinem Leben stolz bist!

12. Setz dir Ziele. Realistische Ziele! Kleine Ziele, aber vielleicht auch ein großes. Tu etwas, wovor du eigentlich Angst hast. Ich habe schreckliche Flugangst und habe mir dann eine Flugreise vorgenommen. Das war ein tolles Gefühl, es geschafft zu haben. Wovor hast du Angst? Den Jungen aus der Parallelklasse anzusprechen? Sag ihm Hallo! Allein shoppen zu gehen? Mach doch mal! Deiner Mama etwas beichten? Tu es! Sei mutig!

13. Gönn dir was! Manchmal macht es glücklich, sich ein schönes T-Shirt zu kaufen, die Haare zu machen, sich ein bisschen zu schminken – das ist zwar nur ober-

flächlich, aber du fühlst dich gut und dann strahlst du das auch aus. Achte mal drauf: Du wirkst dann nicht nur selbstbewusst, du wirst es auch!

14. SAG NEIN! Manchmal herrscht Gruppenzwang. Alle rauchen und du willst es nicht? Sag Nein! Dein Freund will mehr von dir und du willst es (noch) nicht? Sag Nein! Deine Freundinnen nutzen deine Gutmütigkeit aus? SAG NEIN! Echte Freunde halten das aus und haben dann sogar mehr Respekt vor dir!

15. Und noch mal: Versuche, eine positive Einstellung zum Leben zu haben! Denke positiv! Der Junge aus der Parallelklasse grüßt zurück! Das ist positives Denken!

Und: Pass auf dich auf! Das ist nicht egoistisch, denn je besser du mit dir selbst klarkommst, desto besser kommst du auch mit anderen klar. Es ist wichtig, dass du dir selbst wichtig bist!

Wie und wo entferne ich Körperhaare?

In der Pubertät wachsen **ACHSEL- UND SCHAMHAARE** – das hat gar nichts mit schämen zu tun, zumal es einfach nur Haare sind und eigentlich sind sie zum Schutz gegen Bakterien und Krankheitserreger da. Aber viele Mädchen und Frauen stören diese Haare und sie entfernen sie, genauso wie die an den Beinen – ich mache das auch und die meisten Frauen fühlen sich damit wohler und gepflegter.

Es gibt aber zurzeit einen entgegengesetzten Trend – junge Frauen lassen ihre Achselhaare wachsen und wehren sich damit gegen die gängigen Schönheitsideale.

AAAHHH! Findest du das komisch?

Ob und wie und wo du deine Körperhaare entfernen willst, entscheidest du ganz allein! Wenn du deine Haare rasieren, wachsen oder epilieren möchtest, gebe ich dir dazu gerne ein paar Tipps auf den folgenden Seiten!

Rasieren, wachsen, trimmen – wie geht was?

Es gibt sehr viele verschiedene **METHODEN DER HAARENTFERNUNG** und welche für welche Körperregion – also Achseln, Beine oder Intimbereich – geeignet ist, muss jede Frau für sich selbst herausfinden.

Am besten fängst du mit den Beinen an. Da ist die Haut nicht so empfindlich und du kannst rasieren, wachsen, epilieren, zupfen … einfach alles ausprobieren!

Nassrasierer

Ein Nassrasierer eignet sich gut für die Haare an den Beinen, die Achselhaare und auch für den Intimbereich. Ich kann das persönlich nicht empfehlen, da es die Haut sehr reizt und Pickelchen oder Rötungen auftreten können – das ist aber natürlich bei jedem anders.

Wichtig ist hier, dass du einen Rasierer mit Schutzklingen benutzt (Männerrasierer sind oft sogar billiger) und dass du dich vorher mit Schaum oder Duschgel einseifst. Dann ziehst du vorsichtig mit dem Rasierer **GEGEN DIE WUCHSRICHTUNG** über die Haare – die übrigens nicht zu lang sein sollten, sonst verstopfen sie die Klingen oder können nicht erfasst werden. Geh nicht zu oft über die gleiche Stelle, das reizt und dann kann es auch ein wenig bluten.

Für die BIKINIZONE gibt es auch spezielle Rasierer mit Trimmeraufsatz, mit dem du längere Haare erst kürzen kannst, bevor du mit dem Rasierer darübergehst. Im Intimbereich solltest du erst in der Haarwuchsrichtung rasieren, dann erst gegen die Wuchsrichtung.

Noch ein Tipp:

Zieh dir einfach einen Bikini an und entferne die Haare, die noch hervorschauen. Viele Frauen rasieren sich ohnehin nicht die komplette Bikinizone, sondern trimmen nur ein wenig ... Aber das ist alles Geschmackssache und du kannst selbst ausprobieren, wie es dir am besten gefällt und mit welcher Methode. Und immer ganz vorsichtig sein! So ein Rasierer ist echt verflucht scharf!

Epilierer

Epilierer ziehen die Haare mit der Wurzel. Das klingt schon so, wie es sich anfühlt: Es tut weh! Mit der Zeit gewöhnt man sich aber daran. Am besten vorher die Haare etwas trimmen und gerade am Anfang nur an den Beinen epilieren! Das Tolle ist, dass die Haare eine ganze Weile nicht nachwachsen!

Elektrischer Rasierer

Elektrische Rasierer eignen sich super für die schnelle Haarentfernung an den Beinen, gehen aber weniger tief als die Nassrasur und es hält nicht so lange an.

Haarentfernungscreme

Diese Cremes trägt man auf, lässt sie ein paar Minuten wirken und zieht sie dann mit einem Spatel gegen die Wuchsrichtung der Haare ab. Es gibt sie für die Beine, aber auch für empfindlichere Zonen wie Gesicht, Achseln oder Intimbereich. Auch wenn sie oft nicht so gut riechen, entfernen sie die Haare recht gründlich. Aber sie sind auch voller Chemie, weshalb ich sie eigentlich nicht empfehlen würde.

Bleichcreme

Eine Alternative zur Haarentfernung sind manchmal auch aufhellende Cremes. Die trägst du auf, lässt sie einwirken und die Haare sind danach blond bzw. fast unsichtbar. Perfekt geeignet für Stellen, wo dunkle Haare dich stören, du aber eigentlich ungern rasieren willst.

Wachsen

Hier gibt viele verschiedene Varianten: **KALTWACHSSTREIFEN** oder **WARMWACHS** (also Wachs, den man anrühren und erwärmen muss). Ich benutze am liebsten Kaltwachsstreifen, die sind unkompliziert in der Anwendung und eignen sich auch gut für die Intimzone und vor allem: Man hat ein paar Wochen Ruhe! Wichtig ist bei dieser Methode, dass die Haut vorher gründlich gereinigt wird. Wenn du ein wenig Puder auf die Stelle aufträgst, macht das die Haut trockener und die Haare sind auch besser sichtbar beim Wachsen. Wie beim Epilieren auch ist es hier am besten, die Haare zunächst ein wenig zu trimmen.

Sugaring

Das funktioniert ähnlich wie Wachsen und du kannst die Paste sogar selbst anrühren: Einfach Zucker, Zitronensaft und Wasser in einem Topf erhitzen, bis die Mischung zu einer klebrigen Paste wird. ACHTUNG: ABKÜHLEN LASSEN! Und dann auftragen und die getrocknete Paste gegen die Haarwuchsrichtung abziehen. Ähnlich wie Wachsen tut das ein bisschen weh – manche finden auch, dass es ein bisschen sehr wehtut 😉 – aber das empfindet jeder anders. Probier es für dich selbst aus – der Vorteil ist, dass die Haare danach für längere Zeit nicht nachwachsen und es kostet fast nichts!

Wenn du Sugaring ausprobieren möchtest, informier dich vorher besonders gut. Wie gesagt, man kann sich dabei sehr schnell verbrennen, und diese Methode ist deshalb eher etwas für Geübte.

Tipps vor der Haarentfernung:

Die Haut REINIGEN, aber nicht kühlen, denn das verschließt die Poren. Also am besten warm abduschen! Vor der Rasur immer GUT EINSCHÄUMEN, die Klingen regelmäßig wechseln, wie oft, hängt davon ab, wie häufig du rasierst. Und die Haut muss vor dem Wachsen und Sugaring **TROCKEN** sein.

REGELMÄßIGE HAUTPEELINGS sind übrigens auch eine gute Vorbereitung für die Haarentfernung, denn sie können das Einwachsen von Haaren verhindern. Allerdings solltest du nicht direkt vor der Haarentfernung peelen, da das die Haut zusätzlich reizen kann.

Tipps nach der Haarentfernung:

Die Haut **KÜHLEN**, **EINCREMEN** und nicht der Sonne aussetzen, da sie oft gereizt ist. Es kann gerade bei deinen ersten Rasurversuchen etwas bluten oder es können sich Pickelchen bilden, die aber schnell wieder verschwinden. Danach: Einfach die glatte Haut genießen! 😉

#TAMPON

#PMS

#TAGE

#PERIODE

TIPPS RUND UM

Tage, Tampons und Co.

Die erste Periode – was nun?

Wann bekomme ich meine Tage? AAAHHH, was mache ich, wenn ich gerade in der Schule sitze und eine weiße Hose anhabe? Und wem erzähle ich davon? Meiner Mama? Meiner besten Freundin? Was muss ich jetzt beachten und was bedeutet das eigentlich alles: MENSTRUATION, PERIODE, TAGE? Was passiert da genau in meinem Körper? Und was, wenn alle Mädchen in meiner Klasse schon ihre Tage haben, nur ich nicht? Oder was, wenn ich die Erste bin ... Soll ich Tampons benutzen oder Binden? Kann ich Sport machen? Darf ich ins Schwimmbad gehen?

Fragen über Fragen zu einer der natürlichsten Sachen der Welt. Es ist ganz bestimmt DAS Thema für Mädchen in der Pubertät. Mir ging es ganz genauso und so spannend das Thema war, so peinlich war es mir auch irgendwie. Von meinem unsensiblen Biolehrer habe ich ja schon erzählt, der sich darüber lustig machte. Und überhaupt machen Jungs gerne Witze darüber, wie: Du hast so schlechte Laune – hast du deine Tage?

Haha, ich lach später. Wobei an dem Thema Tage und schlechte Laune auch was dran ist – dazu komme ich später.

Auf jeden Fall brauchst du dir keine großen Sorgen darüber zu machen, dass du beim allerersten Mal ganz viel Blut im Slip hast und es womöglich alle bemerken, nur du nicht. Deine Periode kündigt sich in gewisser Weise schon ein wenig vorher an und wenn sie kommt, dann ist sie häufig am Anfang der MENSTRUATION oft noch schwach.

Mädchen bekommen ihre Tage im Durchschnitt mit ca. 12 ½ Jahren – es ist aber genauso normal, schon mit 9 Jahren, wie erst mit 15 Jahren seine erste Periode zu haben. Ungefähr zwei Jahre nachdem deine Brüste angefangen haben, sich zu entwickeln, setzt die Menstruation ein. Vielleicht spürst du auch ein Ziehen oder Zwicken im Bauch – das können Anzeichen dafür sein, dass du deine Tage kriegst.

Was ist Weißfluss?

Ungefähr ein Jahr bis ein halbes Jahr bevor du deine Tage zum ersten Mal bekommst, sondert deine Scheide einen WEIßLICHEN AUSFLUSS ab – daran erkennst du, dass bald deine Menstruation einsetzt. Das empfindest du vielleicht manchmal als unangenehm, es ist aber ganz normal und dient zur Reinigung und zum Schutz deiner Scheide, zum Beispiel vor Bakterien. Wenn du dich sicherer fühlen möchtest, kannst du in deine Unterhose SLIP-EINLAGEN legen – die sehen aus wie Binden, sind aber viel viel dünner und schonen deine Wäsche. Trage aber nicht ständig Slipeinlagen und nicht nachts, denn die sind nicht sehr luftdurchlässig und du schwitzt damit stärker. Das kann dazu führen, dass sich Bakterien in deiner Scheide vermehren. Aber wenn du unterwegs bist, bist du mit Slipeinlagen auf jeden Fall auf der sicheren Seite, falls bald zum ersten Mal deine Blutung einsetzt.

Ich hatte im Übrigen vor meiner Periode gar keine Ahnung von Slipeinlagen und wozu sie gut sind. Deshalb habe ich sie auch nie benutzt. Sie sind eben ein Kann, kein Muss. Und viele Frauen verzichten auch später lieber aus Umweltgründen darauf – besonders, wenn sie keinen so starken Ausfluss haben.

Was genau passiert bei der Periode?

Bestimmt hast du den Begriff MENSTRUATIONSZYKLUS schon mal gehört … wieder so ein langes und kompliziertes Wort! *Mensis* heißt auf Lateinisch *Monat* und die Menstruation wird deswegen Monatsblutung genannt, weil sie einmal im Monat auftritt. Viele Tierarten können sich nur einmal im Jahr fortpflanzen, meist im Frühjahr. Bei den Menschen ist das anders. Frauen können theoretisch jeden Monat schwanger werden. Wenn nicht, bekommen sie ihre Tage.

Der weibliche ZYKLUS bezeichnet den Kreislauf zwischen PERIODE und EISPRUNG und dauert etwa 28 Tage, also rund vier Wochen, ungefähr einen Monat. Lass dich hier nicht verrückt machen, ich habe ganz bewusst *etwa*, *rund* und *ungefähr* geschrieben, denn gerade bei jungen Mädchen ist der Zyklus oft sehr unregelmäßig und erst nach ein bis zwei Jahren pendelt er sich ein, sodass du einen Rhythmus hast. Besondere Ereignisse, Stress, falsche Ernährung, Mangelernährung oder viel Sport können ebenfalls den Zyklus beeinflussen. Auch erwachsene Frauen haben also nicht genau diesen strengen 28-TAGE-RHYTHMUS. Die Blutung an sich dauert ungefähr zwischen drei und sieben Tagen an. Aber wo kommt das Blut eigentlich her?

Wie funktioniert der Menstruationszyklus?

Das Menstruationsblut kommt aus der GEBÄRMUTTER und wird über die Scheide ausgeschieden. Deine Gebärmutter baut nämlich alle vier Wochen eine SCHLEIMHAUT auf und gleichzeitig reifen in den EIERSTÖCKEN Eier heran. Wenn diese reif sind, dann wandern sie durch die Trichter in die Eileiter zur Gebärmutter hin. Das nennt man EISPRUNG und der findet etwa 14 Tage nach dem ersten Tag der letzten Blutung statt.

Werden die Eier befruchtet, oder zumindest eins davon, sprich es wurde ein Baby gezeugt, dann nistet sich das befruchtete Ei in der Gebärmutter ein – dafür hat sie sozusagen schon die gemütliche Schleimhaut aufgebaut – und ein Baby wächst heran. Das heißt also, ab deiner ersten Periode bzw. schon kurz davor (!) kannst du schwanger werden!

Wenn das Ei aber nicht befruchtet wird, baut sich die Gebärmutterschleimhaut nach zwei Wochen wieder ab – dazu zieht sich die Gebärmutter zusammen und sondert die Schleimhaut ab – und das ist die monatliche Blutung!

Insgesamt handelt es sich übrigens um etwa 50 bis 70 ml Blut – etwa eine halbe Tasse – also gar nicht viel! Und weil die Ausscheidung eben nicht nur Blut, sondern auch Schleimhaut ist, hat das Blut während der Periode schon mal eine

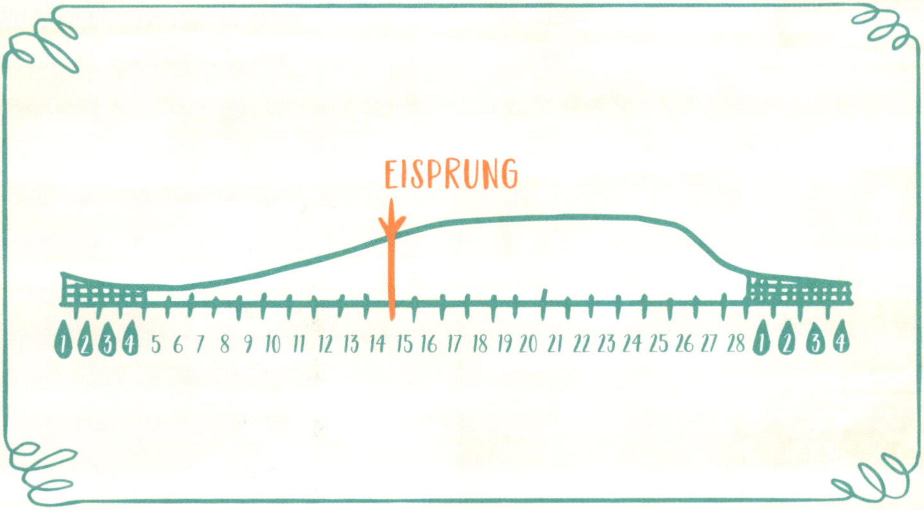

DER MONATSZYKLUS

unterschiedliche Farbe und Konsistenz. Es kann bräunlich sein, hellrot, dunkelrot, zähflüssig, flüssig, es fließt stärker oder schwächer … Das ist alles ganz normal und du wirst deinen eigenen Körper da mit der Zeit auch besser kennenlernen. Und du hast ja auch gehört, dass sich die Gebärmutter zusammenzieht, um das Blut auszusondern. Die Gebärmutter ist ein starker Muskel – denk mal, wie groß sie werden kann, wenn ein Baby darin heranwächst – und das Zusammenziehen kannst du auch spüren. Manche Mädchen oder Frauen bemerken bereits den Eisprung als Ziehen oder Zwicken im Bauch und zwei Wochen später während der Blutung haben sie manchmal sogar starke Schmerzen – das ist aber auch ganz unterschiedlich. Ich hatte nie besonders schlimme Schmerzen, aber du weißt ja, dass ich dafür Pickel hatte. Jedes Mädchen hat so ihre eigenen Probleme in der Pubertät – und übrigens auch jeder Junge 😉.

Komme heute nicht zur Schule.

Was ist los? Tage?

Nee, Pickel ...

Wie heißt was?

Es ist wichtig, dass du nicht nur weißt, wie deine Periode entsteht und die Gebärmutter aussieht, sondern auch deine Scheide bzw. deine Vagina – überhaupt alles „da unten“.

Die **ÄUßEREN GESCHLECHTSORGANE** bilden die äußeren und inneren **SCHAMLIPPEN**, die **KLITORIS**, auch Kitzler genannt, und der **VENUSHÜGEL**, das nennt man alles zusammen **VULVA**. Unterhalb der Klitoris sitzt die

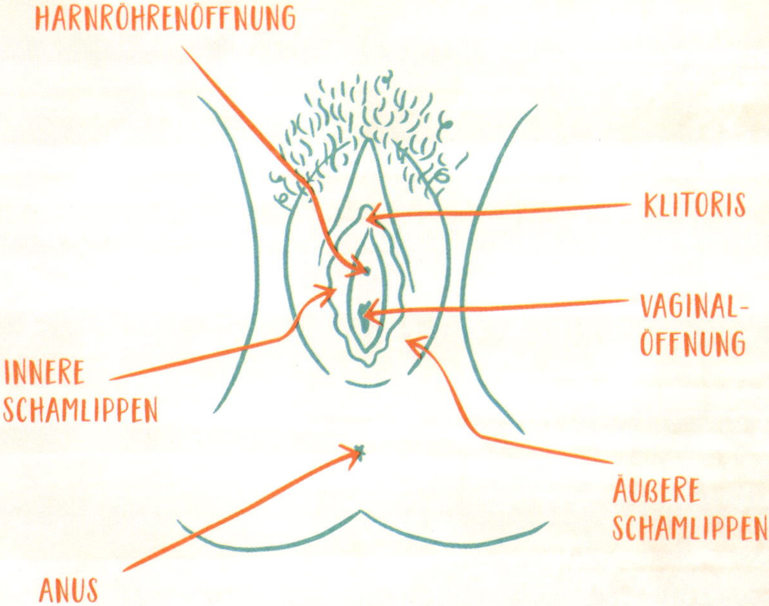

ANATOMIE DER VAGINA

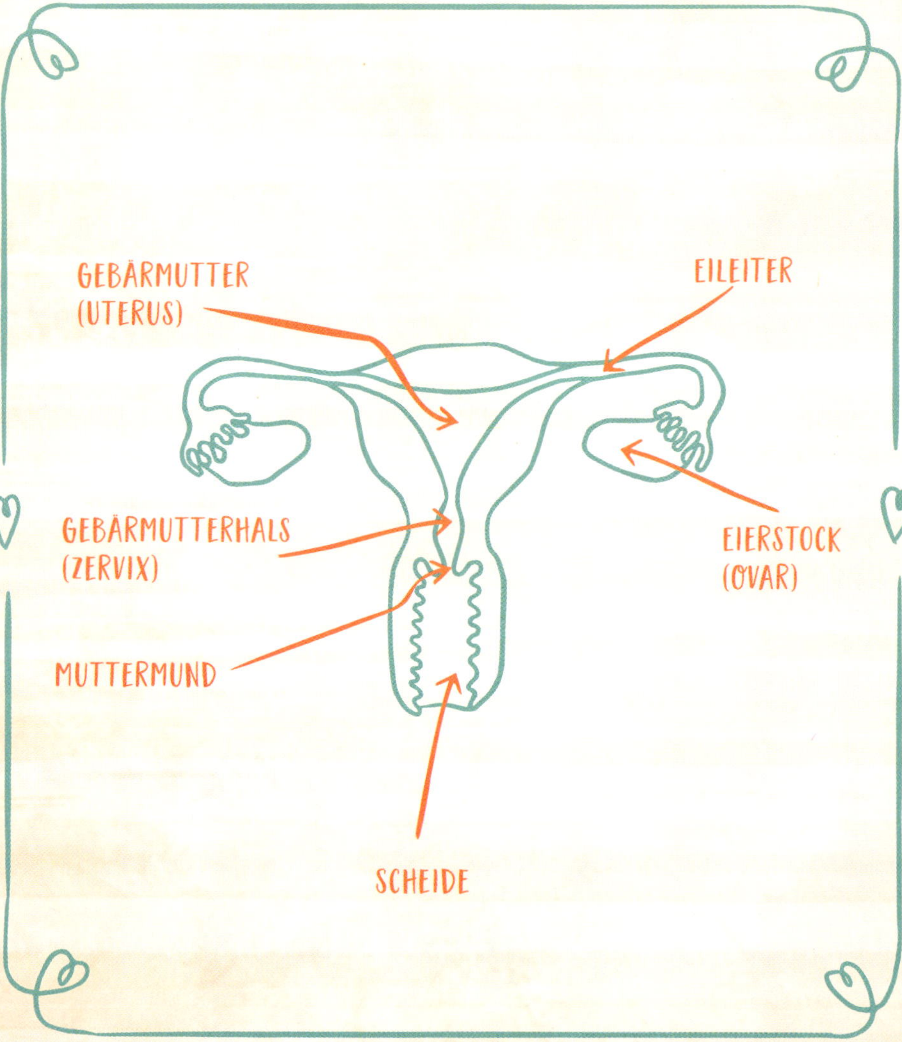

DIE GEBÄRMUTTER

HARNRÖHRENÖFFNUNG (die führt zur Blase) und darunter befindet sich die Vaginalöffnung. Die **INNEREN GESCHLECHTSORGANE** bilden die **SCHEIDE** oder **VAGINA**, ein schlauchartiges Organ, dass die Vulva mit dem **MUTTERMUND** verbindet, der zu der Gebärmutter führt. Dann gibt es noch die **EIERSTÖCKE** und die **EILEITER**. In den Eierstöcken liegen seit deiner Geburt Hunderttausende **EIZELLEN** für die Fortpflanzung bereit.

Und unten hinten? Sitzt der **ANUS**. Der Darmausgang für den Stuhlgang. Ich denke, dazu muss ich nichts weiter erklären.

Klingt wieder etwas kompliziert, ist es aber gar nicht, sieh dir dazu einfach das Bild in Ruhe an! Es geht hier immerhin um deinen Körper und deshalb ist es wichtig, dass du diese Bezeichnungen und alle deine Körperöffnungen kennst – schau dich auch ruhig selbst mal mit einem Handspiegel genauer an! Denk immer daran, dass es ganz natürlich ist, und so wie jede Frau andere Brüste hat, sieht die Vulva einer jeden Frau etwas anders aus – alles schön, alles normal!

Und wo wir schon bei dem Thema sind – hier kommt noch ein kurzer Ausflug zu den Jungs mit einem Überblick über die äußeren und inneren männlichen Geschlechtsorgane:

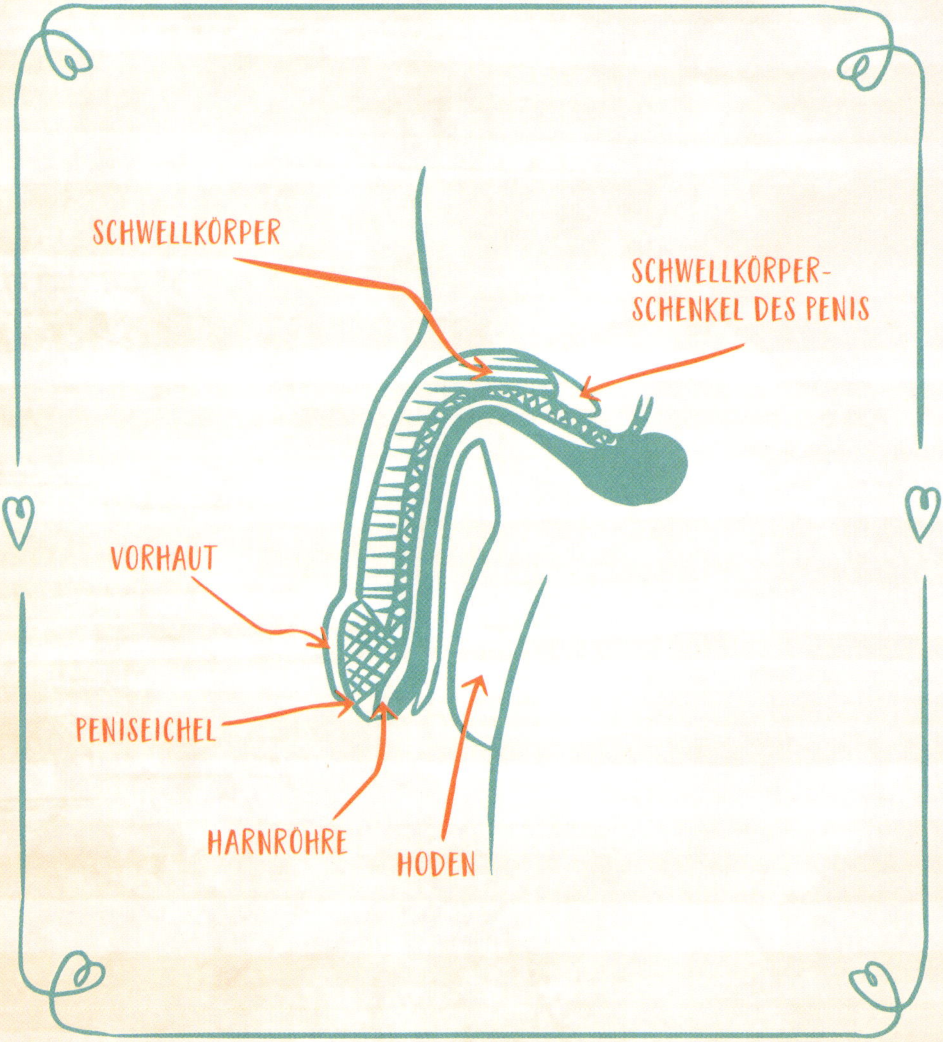

ANATOMIE DES PENIS

Bestimmt hast du bemerkt, dass sich auch die Jungs in der Pubertät verändern, und ich habe es auch schon angesprochen: ihnen wachsen BARTHAARE, SCHAMHAARE, sie kommen in den STIMMBRUCH und entwickeln eine männliche Figur (breite Schultern, schmale Hüften), das sind alles die sekundären Geschlechtsmerkmale – und Jungs haben genau wie du mit unreiner Haut zu kämpfen und Stimmungsschwankungen. Alles nicht unbedingt immer schön, aber völlig normal eben!

Tampons oder Binden?

Nach der ganzen Theorie und dem kurzen Ausflug zu den Jungs aber nun zur Praxis! Was machst du, wenn du deine Tage hast? Erst mal ist es natürlich wichtig, das austretende Blut aufzufangen. Die meisten jungen Mädchen nutzen dafür anfangs BINDEN. Vielleicht kennst du schon SLIPEINLAGEN – sie haben einen Klebestreifen und werden damit im Slip fest eingelegt. Binden sind dicker und können mehr Flüssigkeit aufsaugen – es gibt sie in verschiedenen Größen und Stärken und mit Flügeln, sodass sie nachts oder beim Sport nicht verrutschen. Binden sind genauso hygienisch wie **TAMPONS** und je nach Stärke deiner Periode musst du sie regelmäßig wechseln. Binden gehören übrigens, genau wie gebrauchte Tampons, nicht ins Klo, sondern in den Mülleimer, sonst verstopfen sie die Rohre 😉.

Wichtig während der Periode ist auch, dass du dich im Intimbereich **REGELMÄßIG WÄSCHST**, am besten mit einem milden Duschgel. Übrigens immer von vorne nach hinten zum Anus reinigen – auch nach dem Pinkeln – da sonst Darmbakterien in die Scheide gelangen können. Du solltest auch in den Falten der Schamlippen waschen, am besten aber nur mit Wasser. Das gilt natürlich alles auch, wenn du nicht deine Tage hast, denn die Scheidenflora ist sehr empfindlich und zu viel Seife oder Duschgel kann die Haut reizen und austrocknen. Das wiederum kann zu bakteriellen Infektionen oder Pilzerkrankungen führen. Also täglich untenrum waschen, aber mit so wenig Duschgel wie möglich!

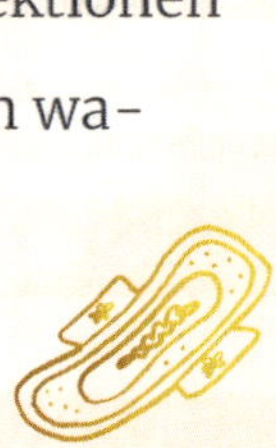

Ich höre oft, dass Mädchen gerne von Binden auf Tampons wechseln wollen, weil sie glauben, dass sie praktischer sind. Mit Tampons kannst du Schwimmen gehen und dich freier bewegen, Binden reiben manchmal unangenehm und man schwitzt leichter mit ihnen. Wenn du

Tampons gerade beim Sport benutzt, kannst du auch sehr sicher sein, dass nichts danebenläuft. Aber vielleicht traust du dich nicht, Tampons zu verwenden, was ich gut verstehen kann. Auch ich habe erst einmal mit Binden angefangen und bin erst nach so gut zwei Jahren auf Tampons umgestiegen. Ich glaube, den meisten Mädels geht es da ähnlich.

Tampons gibt es in vielen verschiedenen Größen und wenn du sie ausprobieren möchtest, besorg dir am besten erst mal die KLEINSTE GRÖßE – oder vielleicht bringt dir deine Mama welche mit. Tampons zu kaufen ist auch so was, was einem häufig peinlich ist. Das kenne ich noch von damals – obwohl, überleg mal. Eigentlich ist es nur ein Stück Watte! Ein Stück Watte für eine der natürlichsten Sachen der Welt!

Was ist das Jungfernhäutchen?

Viele Mädchen denken, dass sie Tampons erst verwenden können, wenn sie Sex hatten, weil das JUNGFERNHÄUTCHEN sonst im Weg ist. Aber das stimmt nicht! Das Jungfernhäutchen ist eine dünne Hautschicht und umrandet den Vaginaleingang – es ist eine dehnbare Hautfalte und hat auch eine Öffnung, sodass du ohne Probleme einen Tampon einschieben kannst. Das Jungfernhäutchen bleibt dabei intakt.

Ohne Probleme? Ja, ich gebe zu, das erfordert ein wenig Mut und Übung. Wenn du Tampons benutzen möchtest, probier es einfach mal in Ruhe aus. Wasch dir die Hände, pack den Tampon aus und zieh das Bändchen lang. Setz am besten einen Fuß auf den Badewannenrand, zieh deine Schamlippen ein wenig auseinander und führe dann den Tampon mit dem Zeigefinger in deine Scheide ein. Erst ein wenig nach oben, dann leicht nach hinten – er sollte dann im mittleren Scheidenbereich sitzen und wenn du ihn nicht spürst, liegt er genau richtig. Wenn es wehtut oder nicht funktioniert: Dann lass es sein, vielleicht klappt es ein andermal!

SO FÜHRST DU DEN TAMPON RICHTIG EIN:

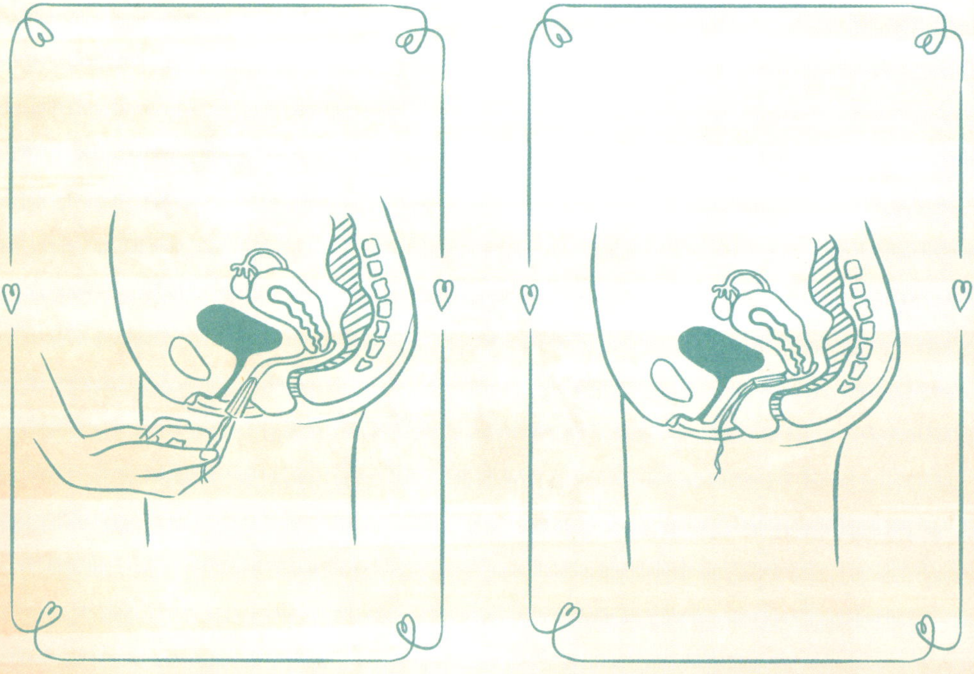

Übrigens:

Bei manchen Mädchen ist das Jungfernhäutchen, oder Hymen genannt, dicht verwachsen, dann kann weder das Blut richtig abfließen, was gefährlich werden kann, noch ein Tampon benutzt werden – in so einem Fall musst du dich an eine Ärztin oder einen Arzt wenden.

Wie oft muss ich einen Tampon wechseln?

Den Tampon musst du nicht bei jedem Toilettengang wechseln, denk an die verschiedenen Körperöffnungen 😉. Wechsle ihn etwa alle 4 bis 8 Stunden bzw. wenn er vollgesogen ist. Das kannst du ganz einfach testen, indem du an dem Bändchen ziehst. Wenn es fest sitzt, kannst du den Tampon weiterbenutzen, wenn es sich leicht bewegt oder schon rausrutscht, musst du ihn austauschen.

Außerdem solltest du darauf achten, immer die kleinstmögliche Tampongröße zu verwenden, weil zu große Tampons bei zu wenig Flüssigkeit die Scheide austrocknen. Über Nacht kannst du einen Tampon auch mal länger als acht Stunden tragen, sonst sollte er nicht länger drinbleiben. Auf den Tamponpackungen wird in diesem Zusammenhang vor der TSS-KRANKHEIT gewarnt, das ist das TOXISCHE SCHOCKSYNDROM und klingt gefährlich, ist aber äußerst selten. Es wird durch ein Bakterium ausgelöst und man bekommt dabei Fieber und Hautausschlag und fühlt sich sehr sehr krank. Wenn du aber immer mit gewaschenen Händen und häufig genug die Tampons wechselst, passiert nichts.

Und wenn du über Nacht den Tampon drin hattest, dann morgens gleich entfernen! Oft sammelt sich übrigens nachts viel Blut in der Scheide – nicht, weil du dann mehr blutest, sondern weil das Blut durch die Liegeposition eben länger „drin bleibt". Wenn du feststellst, dass dein Slip oder Bettlaken Blutflecken abbekommen hat, wäschst du die Sachen am besten mit kaltem Wasser aus und steckst sie dann in die Waschmaschine.

Ich spreche hier im Übrigen aus Erfahrung! Besonders als ich noch Binden benutzt habe, ist mir das nämlich häufiger mal passiert. Ich habe keine speziellen NACHTBINDEN getragen und meine Periode war anfangs echt unregelmäßig. Damals habe ich mich sehr geärgert und auch vor meinem Papa, bei dem ich gewohnt habe, geschämt. Aber der fand das überhaupt nicht schlimm und das werden deine Eltern bestimmt auch nicht. Alles halb so wild!

Sollte es dir mal passieren, dass du einen Tampon vergessen hast, und ihn nicht selbst entfernen kannst, dann hilft dir dein Arzt oder deine Ärztin dabei.

Was gibt es noch?

Neben Tampons und Binden gibt es noch andere Hygieneartikel für die Periode – zum Beispiel Softtampons aus Naturschwämmen oder Menstruationstassen. Die werden in die Scheide eingeführt und darin sammelt sich das Blut. Aus Umweltgründen ist das natürlich super, doch du musst bedenken, dass du die Tasse dann auch mal auf einer öffentlichen Toilette entleeren musst und etwas weniger Berührungsangst mit Blut haben solltest. Du kannst es dann ausschütten und den Becher ausspülen. Schau dich in der Drogerie dazu einfach mal um. AAAHHH! Reicht an Informationen? Verstehe .

Aber ich bin noch lange nicht fertig mit dem Thema Tage und habe hier noch:

Meine besten Tage-Tipps bei Bauchschmerzen:

- Mach dir einen Tee und leg dich ins Bett mit einer Wärmflasche auf dem Bauch. Wenn du unterwegs bist, benutz ein Wärmepflaster, das fällt unter deinem Pullover nicht auf.

- Du kannst auch eine Schmerztablette nehmen. Aber kein Aspirin! Lass dich da am besten von deinem Frauenarzt beraten. Wenn es mal ganz schlimm ist, melde dich von der Schule ab.

- Wichtig ist auch, viel Wasser zu trinken und Obst mit Magnesium wie zum Beispiel Kiwis, Bananen oder Ananas oder auch Walnüsse und Sonnenblumenkerne zu essen. Und verzichte während deiner Periode lieber auf Koffein und Zucker!

- Während der Periode darfst du gerne Sport machen, es wird sogar empfohlen! Bei mir in der Schule haben sich übrigens viele Mädels ständig vom Sportunterricht befreien lassen, weil sie dachten, dass es ihnen durch die Bewegung schlechter gehen wird (oder vielleicht auch, weil sie einfach keine Lust hatten).

- Oft fühlt man sich während der Periode schon mal ziemlich schlapp. Leichtes Sporttraining oder Spazieren gehen hilft gegen Unterleibskrämpfe, bringt deinen Kreislauf in Schwung und du fühlst dich danach viel besser!

- Wenn du extrem starke Schmerzen hast, deine Blutung ungewöhnlich stark ist oder du sonst irgendwelche Beschwerden hast, gehst du am besten zu einer Frauenärztin oder einem Frauenarzt.

Du weißt nicht genau, wann du deine Tage wieder bekommst?

Führe ein TAGE-TAGEBUCH oder benutze eine App, dort trägst du ein, wann du deine Tage bekommst und wie lange und wie stark die Blutung ist. Dann kannst du jederzeit nachschauen, wann du deine Tage wieder kriegen solltest. Ja, ich weiß, die kommen anfangs noch sehr unregelmäßig, das musst du leider auch einplanen ...

Benutze deshalb Slipeinlagen und trage zur Sicherheit immer einen Tampon oder eine Binde bei dir – so hast du auch sofort etwas parat, wenn eine Freundin mal überraschend ihre Tage bekommen sollte.

SOS! Kein Tampon, keine Binde dabei?

Findest du einen roten Fleck in deinem Slip auf dem Schulklo und hast weder Tampons noch Binden in deiner Tasche? Oft kannst du im Notfall im Sekretariat danach fragen. Meistens haben sie dort einen Vorrat – bei mir war das zumindest so.

Falls du dich das nicht traust, kannst du auch entweder

ganz viel Klopapier in deinen Slip legen oder das Klopapier

falten, etwas schräg drehen und als NOTFALL-TAMPON in die Scheide einführen. Und glaub mir: In diese Situation kommt jedes Mädchen und jede Frau einmal ...

Ach ja, wenn du unterwegs bist, ist es nicht verkehrt, immer eine kleine Plastiktüte dabeizuhaben. Manchmal kann es vorkommen, dass du bei Freunden oder Bekannten deine Binde oder deinen Tampon wechselst und feststellst, dass sie keinen Mülleimer im Badezimmer haben. Ab damit in die Tüte und dann gleich in den nächsten Mülleimer – und nicht ins Klo!

Du bist unterwegs und entdeckst einen Fleck in deiner Hose?

Bleib ruhig, nimm deinen Pulli oder deine Jacke und binde sie um die Hüften. Vertrau mir, selbst in Situationen, in denen du glaubst, dass dich die ganze Welt anstarrt, ist es überhaupt nicht so. Es wird mit höchster Wahrscheinlichkeit niemandem auffallen. Such eine Toilette auf und wenn du weder Tampon noch Binde dabeihast, verfahre wie im vorigen Tipp ☺.

Dein Sportlehrer oder Schwimmlehrer meckert, weil du wegen deiner Periode nicht mitmachst?

Beschwere dich bei deinen Eltern darüber. Solche Themen können auf Elternabenden mit den Lehrern besprochen werden – und übrigens: Ich finde, so etwas geht echt nicht!

Überhaupt, jemand macht blöde Sprüche über die Periode?

Cool bleiben! Vielleicht findest du es ungerecht, dass Mädchen ihre Tage bekommen und Jungs nicht. Aber denk dran, die haben ihre eigenen Sorgen in der Pubertät. Du hast vielleicht Angst vor einem roten Fleck in der Hose – Jungs in dem Alter haben dagegen häufig eine Erektion in der Hose ... Auch nicht so angenehm. Wie gesagt, jeder hat hier und da Probleme in der Pubertät und sollte sich nicht über andere lustig machen!

Was ist PMS?

Bestimmt hast du diesen Begriff schon mal gehört – PMS steht für PRÄMENSTRUELLES SYNDROM. Klingt echt wieder kompliziert und PMS ist auch irgendwie kompliziert. Manche Frauen leiden sehr darunter, andere gar nicht, das ist sehr verschieden. *Prä* bedeutet *vor* und PMS tritt VOR DER MENSTRUATION auf. Im Grunde schon ab dem Eisprung, also zwei Wochen vor der Periode, meistens aber ungefähr eine Woche vor den Tagen. Wie gesagt, darunter leidet nicht jede Frau und es gibt viele verschiedene Anzeichen, die sowohl körperlich als auch psychisch, also emotional, sein können. Hier sind wir nämlich beim „SCHLECHTE-LAUNE-THEMA"!

Typische körperliche Anzeichen für PMS:

- Wassereinlagerungen – die Brüste spannen, sind empfindlich, der Bauch ist aufgeblasen
- Hautunreinheiten
- Kopfschmerzen (Migräne) oder Rückenschmerzen
- Müdigkeit
- Heißhunger oder Appetitlosigkeit

Typische emotionale Anzeichen für PMS:

- Stimmungsschwankungen – du bist mal aggressiv, mal depressiv, mal traurig, mal fröhlich, mal reizbar, mal empfindlich
- Geringeres Selbstbewusstsein – du fühlst dich überfordert, alles ist zu viel, du denkst, alle anderen sind besser
- Antriebslosigkeit – du hast keine Lust auf gar nichts, bist müde und schlapp

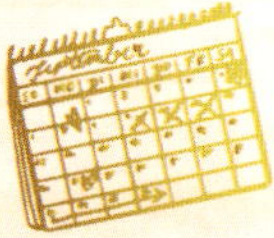

Woran erkenne ich, ob ich PMS habe?

Wenn du diese emotionalen Anzeichen bei dir bemerkst, dann kann es gut sein, dass du PMS hast – aber denk daran, dass STIMMUNGSSCHWANKUNGEN in der Pubertät ganz normal sind und nicht immer bedeuten, dass du PMS hast. Wenn du ein Tage-Tagebuch führst oder eine App, kannst du eintragen, wie deine Stimmungen wechseln und anhand deines Zyklus' feststellen, ob du einfach schlechte Laune hast oder vielleicht PMS, weil du demnächst deine Tage bekommst!

PMS-Tipps:

Es ist gar nicht so leicht, sich gegen die schlechte Stimmung oder gegen eine Heißhungerattacke zu wehren, wenn man unter PMS leidet.

* Wichtig ist, dass du weißt, dass PMS nicht schlimm ist und auch wieder vergeht!

* Achte darauf, dass du genug schläfst und dich bewegst, zum Beispiel Sport machst oder einen Spaziergang.

* Am besten verzichtest du auf Kaffee und auf Nikotin.

* Wenn deine Beschwerden sehr stark sind, du schlimme Schmerzen hast oder auch sehr depressiv bist, dann solltest du zu einer Ärztin oder einem Arzt gehen.

* Ansonsten ist es aber in dieser Zeit auch okay, wenn du dich mal mit einer Tafel Schokolade aufs Bett verziehst und keinen sehen oder sprechen willst. Wenn du deine Tage bekommst, wirst du merken, dass es dir schnell wieder besser geht. Du fühlst dich leichter und bist wieder gut drauf!

3 Hygieneartikel-Hacks

Ich habe ja schon gesagt, dass Tampons letztlich nur ein Stück Watte sind, und wieso soll es peinlich sein, Watte zu kaufen? Oder eine Binde oder Slipeinlage?
Hier ein paar lustig-nützliche Tipps, was du mit Hygieneartikeln noch so machen kannst:

* Klebe eine Binde oder Slipeinlage in den Teil der Bluse, wo deine Achsel ist, dann bekommst du beim Schwitzen keine Flecken. Das hilft echt super! Gerade bei Oberteilen, bei denen man sofort den kleinsten Schweißfleck sieht!

* Schütte Nagellackentferner auf einen Tampon und reibe damit über den alten Nagellack, wenn du gerade keine Wattepads zur Hand hast.

* Lege bei Schweißfüßen eine Slipeinlage in deinen Schuh. Sie klebt und nimmt Feuchtigkeit und Gerüche auf!

#GYNÄKOLOGE

#SPEKULUM

#SPRECHSTUNDE

#ABSTRICH

FRAUENARZT …

jetzt bloß

KEINE PANIK!

Das erste Mal beim Frauenarzt

„Ja, hallo? Äh, hier spricht Barbara. Also, ich habe heute einen Termin beim Frauenarzt, aber – hüstel, keuch, röchel – ich bin sehr krank geworden, stark erkältet. Ich muss – hüstel, keuch, röchel – leider absagen."

Ich war etwa 15 ½ Jahre alt, als mein Vater meinte, ich solle doch mal zu einer GYNÄKOLOGIN oder einem GYNÄKOLOGEN gehen. So nennt man die Frauenärzte, also ÄrztInnen mit einem Facharzt für Frauenheilkunde und Geburtshilfe. Ich war damals weder krank noch schwanger, aber es wurde langsam einfach Zeit, mal zu einer Ärztin zu gehen und mich durchchecken zu lassen.

BOAH, ich hatte so Angst vor diesem Termin, dass ich ihn zweimal abgesagt habe – ehrlich, ich wäre lieber zum Zahnarzt gegangen und hätte mir sämtliche Zähne aufbohren lassen ... Zum dritten Termin bin ich dann aber doch hingegangen. UND DANN WAR ES GAR NICHT SO SCHLIMM! Liebe Mädchen! ES WAR GAR NICHT SO SCHLIMM!

Und das Tollste war: Die Frauenärztin hat mich gar nicht untersucht, sondern nur mit mir geredet. Das Blöde war: Dann musste ich noch mal hin zur Untersuchung. Aber! Liebe Mädchen! DAS WAR AUCH GAR NICHT SO SCHLIMM!

Jetzt mal der Reihe nach – obwohl ich gar nicht so genau weiß, wo ich anfangen soll, denn das ist auch so ein Thema, zu dem du sicher SEHR viele Fragen hast ...

Wann muss ich zum Frauenarzt?

Da gibt es keine Regel, wie zum Beispiel: Wenn du deine Tage bekommst, musst du zum Frauenarzt. Oder: Wenn du 14 Jahre alt bist, musst du zum Frauenarzt. Das kommt alles auf deine Entwicklung an bzw. wenn du Beschwerden hast wie: Schmerzen bei deiner Periode, unregelmäßige Blutungen, wenn du mit 16 noch nicht deine Tage hast, wenn sich dein Ausfluss verändert (ein bisschen ist normal und wichtig zur Reinigung der Scheide), bei Brennen, Juckreiz, Rötungen, Schwellungen oder du bemerkst Knötchen in deiner

Brust oder du glaubst, schwanger zu sein … Dann solltest du auf jeden Fall zu einer Frauenärztin/einem Frauenarzt gehen.

Vielleicht möchtest du dir die PILLE VERSCHREIBEN lassen – die meisten Mädchen gehen übrigens deswegen das erste Mal zum Frauenarzt, so wie ich im Endeffekt übrigens auch. Die gute Nachricht ist hier: Wenn du gesund bist und keine Beschwerden hast, muss dich die Frauenärztin oder der Frauenarzt nicht zwingend untersuchen. Oder du möchtest dich gegen GEBÄRMUTTERHALSKREBS impfen lassen. Diese IMPFUNG ist ab neun Jahren empfohlen und kann aber auch vom Kinderarzt übernommen werden. Dabei bekommst du nur einen harmlosen Piks in den Oberarm – besser gesagt sind es zwei bis drei! Es werden nämlich zwei oder drei Einzelimpfungen innerhalb von 12 Monaten vorgenommen. All dies sind Gründe, warum du zu einer Frauenärztin oder einem Frauenarzt gehen solltest.

Frauenarzt oder Frauenärztin?

Ob du lieber zu einem Mann oder zu einer Frau gehen möchtest, darfst du selbst entscheiden! Viele Mädchen und Frauen gehen lieber zu einer Frauenärztin, aber manche wollen sich auch lieber von einem Mann betreuen lassen. Auf jeden Fall kannst du dich in deiner Familie oder bei Freundinnen umhören und vielleicht können sie dir eine Ärztin oder einen Arzt empfehlen. Und wenn du sichergehen möchtest, dass du dich bei ihr oder ihm wohlfühlst, melde dich für deinen ersten Termin erst mal nur zu einer Sprechstunde an. Danach kannst du entscheiden, ob dir die Ärztin oder der Arzt gefallen haben und du dich von ihr oder ihm untersuchen lassen möchtest.

Ich war im Laufe der Jahre übrigens bei einer Frau und bei einem Mann und für mich hat das keinen Unterschied gemacht. Denk daran, dass gerade Frauenärzte jeden Tag in ihrem Job mit Leuten zu tun haben, denen es unangenehm ist, dorthin zu gehen. Die kennen das! Du bist nicht die erste Patientin, der es so geht, und bestimmt nicht die letzte ☺.

Wer kommt mit zum Frauenarzt?

Auch das ist deine Entscheidung – du kannst ganz allein gehen, du kannst deine Mama mitnehmen, eine Freundin oder deinen Freund – und dann kannst du auch noch entscheiden, ob die im Wartezimmer bleiben sollen oder mit ins Sprechzimmer oder sogar ins Untersuchungszimmer mitkommen dürfen. Wie es dir lieber ist!

Wie bereite ich mich auf den Besuch beim Frauenarzt vor?

Du brauchst eigentlich nur deine KRANKENKASSENKARTE bzw. wenn deine Eltern privat versichert sind, solltest du dich mit deinen Eltern vorher absprechen, da sie ja eine Rechnung erhalten werden. Das ist wie bei jedem anderen Arztbesuch auch.

Wenn du Fragen hast, notiere sie dir vorher, und halte auch fest, wann du zuletzt deine Periode hattest, und wenn du ein TAGE-TAGEBUCH führst, nimm es mit. Hast du konkrete Beschwerden, dann schreib dir sicherheitshalber auf, was du alles aufzählen willst. Vielleicht bist du bei dem Termin zu aufgeregt und vergisst etwas.

Viele Mädchen fragen mich, ob sie sich vorher die Schamhaare rasieren müssen – das ist überhaupt nicht notwendig, aber wenn du dich dann wohler fühlst, kannst du es tun. Auf jeden Fall solltest du dich vorher duschen.

Übrigens: Wenn du eine Vorsorgeuntersuchung möchtest und deine Tage hast, solltest du den Termin absagen, da diese durch die Blutung nicht so gut möglich ist. Zu allen anderen Untersuchungen kannst du aber trotz Periode gehen und solltest es natürlich erst recht, wenn du Schmerzen hast oder das Gefühl, dass irgendwas nicht okay ist!

Und falls eine Untersuchung ansteht, für die du dich unten frei machen musst: Zieh dir ein langes Oberteil, einen Rock oder ein Kleid an, dann fühlst du dich nicht ganz so nackt.

Was ist eine Mädchen-Sprechstunde?

Viele Frauenärzte bieten eine **MÄDCHEN-SPRECHSTUNDE** oder **TEENAGER-SPRECHSTUNDE** an. In diesem Gespräch kannst du die Ärztin oder den Arzt kennenlernen und umgekehrt. Du kannst Fragen stellen und dir alles erklären lassen. Bei meinem ersten Gespräch hat mir die Ärztin auch die Praxis gezeigt und den Untersuchungsraum. Übrigens kam ich mir im Wartezimmer der Praxis erst total komisch vor, weil da überall Babyfotos hingen. Aber die Ärztin war dann so nett, dass ich mich gleich wohler gefühlt habe. Sie hat mich gefragt, wann ich das erste Mal meine Tage hatte, ob meine Periode regelmäßig kommt (Regelkalender nicht vergessen ☺), ob ich noch Jungfrau bin, ob ich schon mal Krankheiten hatte, ob ich schon mal operiert wurde (Blinddarm, Mandeln etc.) und so weiter ... Und natürlich wirst du nach dem Grund deines Besuchs gefragt, bzw. ob du Beschwerden hast.

Du kannst deine Frauenärztin oder deinen Frauenarzt wirklich alles fragen, was dich auch zum Thema Sexualität beschäftigt. Und Frauenärzte haben wie alle Ärzte Schweigepflicht, sie erzählen also nichts weiter, auch nicht deinen Eltern, zumindest sofern es nicht dringend notwendig ist!

Im Wartezimmer liegen übrigens auch oft Info-Broschüren für junge Mädchen – bediene dich da gerne oder frag deine Frauenärztin oder deinen Frauenarzt danach. Da stehen viele interessante Dinge drin über den Besuch beim Frauenarzt, die Untersuchung, die Periode, Verhütungsmittel und so weiter!

Was passiert bei der Untersuchung?

Ich war in meinem Leben erst bei zwei verschiedenen Frauenärzten, habe aber viel mit Freundinnen darüber gesprochen und weiß, dass der Ablauf in einer Frauenarztpraxis immer sehr ähnlich ist. Nach der Anmeldung wartest du im Wartezimmer oder gehst noch kurz mit einem Becher zur Toilette und gibst Urin ab. Selbst wenn von dir keine Urinprobe benötigt wird, ist es gut, wenn du vorher noch einmal auf die Toilette gehst, da die Blase für die gynäkologische Untersuchung leer sein sollte. Vielleicht wirst du auch gewogen und dir wird der Blutdruck gemessen. Dies wird von den ArzthelferInnen durchgeführt. Dabei bleibst du komplett angezogen und es gehört alles zu einer normalen VORSORGEUNTERSUCHUNG.

Vorsorge heißt: Krebs vorbeugen bzw. dient der frühen Erkennung von vielen möglichen Krankheiten, z.B. auch von Geschlechtskrankheiten.

Im Sprechzimmer findet dann das Gespräch mit der Frauenärztin oder dem Frauenarzt statt, davon habe ich dir schon erzählt. Und dann erst geht es in das Untersuchungszimmer. Dort gibt es eine kleine Umkleidekabine, in der du dich „unten frei machen“ kannst, wie die Ärzte sagen – sprich also deine Hose und deinen Slip ausziehst. Danach wirst du auf den GYNÄKOLOGISCHEN STUHL gebeten. Wie bereits erwähnt, zieh ein langes Shirt oder ein Kleid an, dann fühlst du dich nicht so nackt. Du setzt dich darauf und legst dann deine Beine auf die dafür vorgesehenen Ablagen.

Dann prüft die Ärztin oder der Arzt kurz deine äußeren Geschlechtsteile, das heißt, sie schauen, ob zum Beispiel Entzündungen vorliegen. Das merkst du gar nicht!

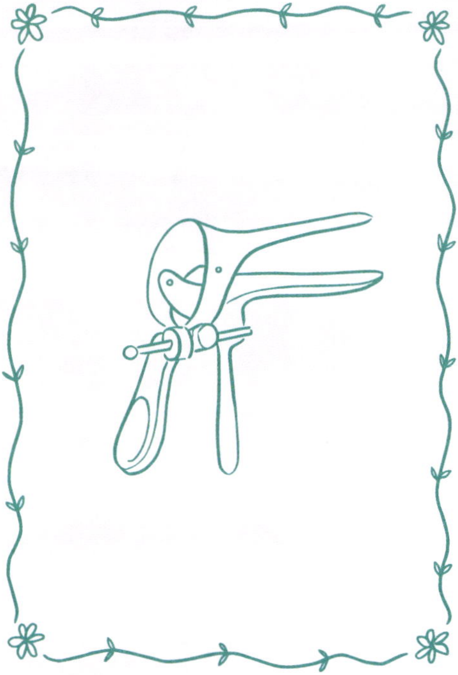

DAS SPEKULUM

Anschließend führt die Ärztin oder der Arzt dir VORSICHTIG das SPEKULUM ein. Das gibt es in verschiedenen Größen (wenn du noch Jungfrau bist, wird bei dir das kleinste genommen!) und es sieht ein bisschen wie ein Schnabel aus. Oft ist es vorgewärmt und mit Gleitgel bestrichen, sodass es dir wirklich nicht wehtun kann – ein bisschen unangenehm ist es aber vielleicht. Das Spekulum öffnet deine Scheide ganz leicht und es hat ein Lichtchen sowie einen Vergrößerungsspiegel, sodass die Scheide und der Muttermund untersucht werden können.

Dabei können die Frauenärzte sehen, ob die Scheide gerötet oder geschwollen ist oder ob am Muttermund Geschwülste wachsen.

Nur wenn es einen Verdacht auf eine Infektion gibt, führt die Ärztin oder der Arzt einen Watteträger in die Scheide, der sieht aus wie ein langes Wattestäbchen, um einen BAKTERIOLOGISCHEN ABSTRICH vorzunehmen. Diesen kann die Ärztin oder der Arzt direkt unter dem Mikroskop begutachten und möglicherweise einen Scheidenpilz feststellen.

Frühestens ab dem 20. Lebensjahr wird übrigens auch der sogenannte PAP-ABSTRICH am Muttermund vorgenommen. Dafür wird ebenfalls so ein langer Watteträger in die Scheide eingeführt. Das pikst ein bisschen und ist auch nicht so super angenehm, aber auszuhalten und total schnell vorbei. Bei diesem Abstrich werden Zellen entnommen und dann ins Labor eingeschickt zur FRÜHERKENNUNG VON GEBÄRMUTTERHALSKREBS.

Dieser Abstrich ist also sehr wichtig und dauert viel kürzer als meine Erklärungen dazu 😉.

Dann tastet die Ärztin oder der Arzt noch vorsichtig deine Scheide (aber nur, wenn du keine Jungfrau mehr bist, also keine Angst!) und deinen Unterbauch ab. Die Ärztin oder der Arzt steht dazu auf und führt dir einen oder zwei Finger vorsichtig in die Scheide ein, die andere Hand liegt auf deinem Unterbauch. Auch das ist nicht so angenehm, aber es geht sehr schnell und ist wichtig, weil die Gebärmutter genauer untersucht wird – ihre Größe, Lage, Beweglichkeit und Festigkeit und auch die Eierstöcke werden geprüft. Übrigens tragen die Frauenärzte bei all diesen Untersuchungen Handschuhe.

Und dann hast du es schon fast geschafft, du darfst dich wieder anziehen und manchmal noch „obenrum frei machen“ – die Ärztin oder der Arzt tasten noch deine Brust nach Knötchen ab, das sind Anzeichen für **BRUSTKREBS**, auch die Achselhöhlen werden abgetastet – das kannst du selbst auch immer mal wieder tun.

Dazu legst du dich am besten auf den Rücken und streckst den Arm nach hinten. Dann tastest du die Brust und die Achselhöhlen ab. Wenn du **KNÖTCHEN** bemerkst, solltest du dringend zum Arzt gehen. Aber nicht verwechseln: In den Achselhöhlen sitzen Lymphknoten, wie auch zum Beispiel am Hals. Wenn du krank wirst, schwellen die manchmal an. Das ist noch kein Grund zur Panik – nur wenn die Schwellungen nicht mehr verschwinden, musst du zum Arzt gehen. Auch wenn du dich beim Achselrasieren verletzt hast,

können die Knötchen manchmal dick werden. Das geht dann wieder weg!

Und schon hast du die körperlichen Untersuchungen hinter dir!

Selten wird noch ein ULTRASCHALL gemacht, das ist auch überhaupt nicht schlimm. Dafür musst du dich nur auf eine Liege legen und dein T-Shirt etwas hochziehen und die Hose ein wenig öffnen, damit die Ärztin oder der Arzt mit dem Ultraschallgerät auf deinem Bauch hin und her gleiten kann, um zum Beispiel deine Gebärmutter oder deine inneren Organe anzuschauen.

Wenn du wieder angezogen bist, bespricht die Ärztin oder der Arzt mit dir im Sprechzimmer noch einmal die Untersuchung, den BEFUND und eine mögliche Behandlung – falls etwa eine Krankheit oder Infektion festgestellt wurde. Und du kannst selbstverständlich dazu auch noch Fragen stellen oder allgemein zur Untersuchung oder vielleicht hattest du am Anfang vor Aufregung etwas vergessen und fragst jetzt ☺.

#ERSTESDATE

#ERSTERKUSS

#ERSTELIEBE

#LGBTQ+

SCHMETTERLINGE *im* BAUCH

Wann bin ich bereit für die erste Liebe?

Du hast Schmetterlinge im Bauch? Spürst ein Kribbeln am ganzen Körper? Zittern? Deine Stimme versagt? Du wirst rot? Und das alles nur, weil *er* oder *sie* vor dir steht? Keine Frage: Du bist ziemlich doll verliebt! Ein tolles Gefühl, oder nicht?!

In der siebten Klasse sollten wir im Reliunterricht mal eine Seite über unsere Definition von LIEBE schreiben. Ich weiß noch ganz genau, dass es mir gar nicht so leichtgefallen ist, die richtigen Worte dafür zu finden – denn: Was ist Liebe überhaupt? Und woher soll ich wissen, wie genau sie sich anfühlt, wenn ich noch nie verliebt war?

Weil mir auf die Frage einfach keine vernünftige Antwort eingefallen ist, habe ich – auf keinen Fall nachmachen! – einen Text genommen, den ich im Internet gefunden habe, und ihn noch etwas umgeschrieben. Ich musste meine Hausaufgaben dann am nächsten Tag vor der ganzen Klasse vorlesen und die Lehrerin hat mich für „meine" Definition sehr gelobt. Das Abschreiben ist zum

Glück nie aufgeflogen, aber ich habe seitdem immer wieder über diese Frage nachgedacht … WAS IST LIEBE EIGENTLICH?

Jetzt versuche ich es noch mal mit ganz eigenen Worten. Denn immerhin sind ein paar Jahre vergangen seit dem Tag, als ich die Definition für meine Hausaufgaben abgeschrieben habe. Und was die Liebe angeht, hatte ich das riesige Glück, seitdem viele wunderschöne Erfahrungen sammeln zu können.

Also …

Liebe ist …

… sehr vielseitig und fühlt sich deshalb nie gleich an. Du liebst ja nicht nur eine Person, sondern deine Familie, deine Freunde, deine Haustiere … und vielleicht auch diesen besonderen Jemand 😉.

… die Bereitschaft, für jemanden sehr viel, wenn nicht alles zu tun.

... auch durch schlechte Zeiten gemeinsam zu gehen.

... dem anderen zu verzeihen.

... Vertrauen, Wertschätzung, Respekt, Treue, Freude, Rücksichtnahme und Unterstützung. Das alles in einer Person zu finden ist manchmal gar nicht so leicht ☺.

Auch wenn wir uns alle etwas anderes unter der Liebe vorstellen, gibt es doch eine Gemeinsamkeit: Wir alle wünschen uns, einmal im Leben die Erfahrung zu machen, so richtig verliebt zu sein, oder? Häufig haben wir auch Angst, dass wir niemals einen Partner finden werden – #FOREVERALONE sage ich da nur. Aber keine Sorge! Du kannst dir sicher sein: Auch wenn es manchmal etwas länger

dauert, der oder die Passende werden kommen, und du wirst dich garantiert noch so richtig verlieben! Und vielleicht bist du es ja sogar schon?

Falls ja, merkst du es womöglich an folgenden Anzeichen:

Du …

… denkst ständig an ihn oder sie.

… hast HERZKLOPFEN, wenn du ihn/sie siehst.

… du wirst rot, wenn er/sie vor dir steht.

… hast Tausende SCHMETTERLINGE IM BAUCH, wenn er/sie dich berührt.

… stellst dir ständig vor, wie es wäre, mit ihm/ihr ZUSAMMEN ZU SEIN.

Du hast das alles noch nie gespürt? Glaub mir, früher oder später wirst du das bestimmt! Manchmal dauert es eben etwas länger, bis der Richtige oder die Richtige kommt. Das war bei mir auch so. Aber du kannst dir sicher sein: Das Warten lohnt sich, denn Liebe ist echt das **SCHÖNSTE GEFÜHL AUF DER WELT**!

Zum ersten Mal verliebt – und jetzt?

Die ERSTE GROẞE LIEBE ist etwas ganz Besonderes und eine Erfahrung, die wir früher oder später alle mal machen werden. Und sie kommt für jeden genau dann, wenn die Zeit richtig ist. Viel zu viele Mädchen stressen sich unheimlich, nur weil zum Beispiel andere in ihrer Klasse schon einen FREUND oder eine FREUNDIN haben. Sie haben Angst, dass sie selbst als „die Letzte, die niemand haben will" dastehen.

Wenn es dir auch so geht, erinnere dich daran, dass du noch ganz viel Zeit hast, um deine erste große Liebe zu finden. Dieses Gefühl möchtest du schließlich auch mit jemandem erleben, der deine Liebe wirklich zu schätzen weiß. Nur so wird es etwas ganz Besonderes und dafür lohnt es sich, auch mal länger zu warten. Du wirst es nicht bereuen – versprochen!

Ich bin mit meinem ersten Freund „erst" mit 16 zusammengekommen. In meinem Freundeskreis war ich damit so ziemlich das Schlusslicht, aber das war mir egal. Denn wisst ihr was? Ich bin bis heute mit ihm zusammen!

Wenn ihr mal auf YouTube oder Instagram vorbeigeschaut habt, dann kennt ihr Hendrik ja bestimmt ☺.

Wir sind zusammen durch viele verschiedene Phasen der Liebe gegangen: Am Anfang war es eher eine SCHWÄRMEREI und ein „Verknalltsein“ als ein ernstes VERLIEBTSEIN. Wir waren damals noch so nervös, wenn wir mit dem anderen geredet haben. Manchmal habe ich mich sogar etwas verstellt, weil ich dachte, dass er mich dann mehr mögen würde. Total unnötig, weil das auf Dauer natürlich nichts bringt, denn es ist wichtig, dass ihr euch genau für die Person liebt, die ihr seid. Und zwar mit all euren Ecken und Kanten.

Mit der Zeit sind die Schmetterlinge im Bauch und die Nervosität verflogen und wir haben uns immer besser kennengelernt. Man sieht den Partner dann nicht mehr durch die ROSAROTE BRILLE, sondern entdeckt auch seine negativen Eigenschaften, und ihr zeigt euch ebenfalls mal von eurer schlechten Seite. Und das ist enorm wichtig! Auch das zu akzeptieren gehört zur Liebe dazu, denn den absoluten Mr oder die Mrs Perfect gibt es da draußen nicht. Aber das ist auch gar nicht schlimm – wäre doch sonst viel zu langweilig 😉.

Bei manchen kommt die erste Liebe mit 16 Jahren, bei anderen mit 14 Jahren und bei wieder anderen auch viel später oder vielleicht sogar früher. Es gibt für die Liebe KEINE FIXEN REGELN und das ist genau das, was ich immer wieder antworte, wenn man mich fragt: Ab wann ist es denn okay, den ersten Freund/die erste Freundin zu haben? Meine Antwort ist ganz einfach: Wenn du dich bereit dafür fühlst und dich niemand zu etwas drängt, dann ist die Zeit wahrscheinlich die richtige. Doch wenn du noch sehr jung bist, sei vorsichtig!

Hast du dich mit 13 in einen Jungen aus deiner Klasse verknallt und ihr geht zusammen ins Kino, dann ist das völlig okay. Wenn er aber deutlich älter ist als du und schon Dinge mit dir machen will, die du eigentlich noch nicht möchtest, dann geh lieber einen Schritt zurück als nach vorne! Klar, du möchtest ihm gefallen, doch womöglich bereust du es im Nachhinein. Ich hatte einige Freundinnen, bei denen es so war.

Rede am besten mit deinen Eltern darüber, wenn du anfängst, dich mit deinem ersten Freund/deiner ersten Freundin zu treffen. Das ist zum einen ein großer Vertrauensbeweis ihnen gegenüber und sie werden es mit Sicherheit sehr wertschätzen, dass du dich ihnen anvertraut hast. Zum anderen wollen deine Eltern in der Regel nur das Allerbeste für dich. Bestimmt haben sie noch einige Liebestipps für dich oder erzählen dir vielleicht sogar ganz lustige und interessante Geschichten von sich selbst.

Ich habe zum Beispiel von meinen Eltern erfahren, dass sie sich in einer Eisdiele kennengelernt und sich Liebesbriefe geschrieben haben, weil es so was wie Handys ja damals noch nicht gab. Das war eine ganz lustige Geschichte, die ich vorher gar nicht kannte 🙂.

Es fällt uns manchmal schwer, sich das vorzustellen, aber auch unsere Eltern waren mal Teenager und haben mit ihren Eltern Ähnliches erlebt – und wissen daher ganz genau, wie es dir gerade geht. Also: Wenn du dich alt genug fühlst, eine richtige Beziehung zu führen, dann solltest du auch bereit sein, es nicht hinter dem Rücken deiner Eltern zu tun 😉.

Wie spreche ich ihn/sie an?

Zugegeben, je nachdem wie schüchtern man ist, kann es einem echt schwerfallen, mit seinem Schwarm ins Gespräch zu kommen. Aber wenn es da jemanden gibt, mit dem du dich gerne mal treffen würdest, sprich ihn oder sie einfach an! Du musst ja nicht sofort nach einem DATE fragen, sondern kannst erst einmal normal mit ihm oder ihr reden. Frag zum Beispiel etwas Neutrales. Seid ihr in einer Klasse? Dann frag nach den Hausaufgaben. Seid ihr im selben Sportverein? Dann frag, ob er oder sie dir bei einer Übung helfen kann. Der Punkt ist: Stell eine ganz normale Frage. Daraus entsteht garantiert ein Gespräch, wenn er/sie auch an dir interessiert ist.

Ich weiß, du hast jetzt noch Angst davor, aber das Beste gegen Angst ist oft, sich ihr zu stellen. Meist findet man dann heraus, dass es gar nicht so schlimm ist! Wenn du dich einmal überwunden hast, fällt es dir beim nächsten Mal immer leichter und leichter, bis es – versprochen! – irgendwann ganz normal ist. Das gilt übrigens nicht nur fürs Verliebtsein!

Denk auch immer dran, dass es dem anderen wahrscheinlich ähnlich wie dir geht. Einer muss immer DEN ERSTEN

SCHRITT machen und wenn er es nicht tut, kannst du dich selbst dazu aufraffen oder dich wochen- oder sogar monatelang fragen, was gewesen wäre, wenn du dich getraut hättest ... und das ist noch nerviger, als eine Abfuhr zu erhalten!

Vielleicht fällt es dir aber einfacher, ihm oder ihr erst einmal auf WhatsApp zu schreiben oder irgendwo anders, wo ihr beide online seid. Hendrik und ich haben das so gemacht, obwohl wir in der Klasse so gut wie nebeneinandergesessen haben und uns eigentlich sehr einfach hätten unterhalten können. Trotzdem haben wir am Anfang während der Schulzeit kaum ein Wort miteinander gewechselt, aber dann später, als wir beide zu Hause waren, stundenlang miteinander geschrieben. Lustig, oder?

Das war zwar nicht dasselbe, wie sich persönlich zu unterhalten, doch es hat das erste Eis gebrochen und dann ganz schnell zu unserem ersten Treffen geführt.

Das erste Date

Es ist so weit! Das ERSTE TREFFEN mit deinem Schwarm steht an. Vermutlich liegen deine Nerven gerade total blank und deine Gedanken kreisen wie wild um Fragen wie: Was, wenn er oder sie mich nicht mag? Worüber sollen wir bloß reden? Was soll ich anziehen?

HILFEEE!!!

Okay … ganz ruhig … Atme tief durch und versuche einfach, dich über den Moment zu freuen. Du kannst dich ENDLICH mit dem Menschen alleine treffen, in den du vielleicht sogar schon seit Monaten verliebt bist. Er oder sie würde sich bestimmt nicht mit dir verabreden, wenn er/sie nicht auch ganz großes Interesse an dir hätte. Und du kannst dir sicher sein: Er oder sie ist garantiert genauso nervös wie du.

Die ersten paar Minuten eures Dates können deshalb auch schon mal etwas akward sein, aber meist legt sich das nach kurzer Zeit von allein. Sei ganz du selbst! Ich meine das völlig ernst, hab keine Angst. Wie ich vorhin ja schon erwähnt habe, du möchtest dich in der Beziehung später auch nicht ständig verstellen müssen und so lernt dich dein vielleicht baldiger Freund oder deine Freundin direkt von deiner echten Seite kennen. Und wer weiß ... vielleicht sogar lieben ☺.

Hier kommen meine Tipps für das perfekte erste Date:

Wo sollen wir uns treffen?

Das Wichtigste ist, dass du dich sicher fühlst. Gute Orte für ein erstes Treffen sind Plätze, an denen man einerseits in der Öffentlichkeit ist und andererseits zusammen etwas machen kann wie zum Beispiel:

- ein Café
- eine Eisdiele
- eine Pizzeria
- ein Minigolfplatz
- ein Kletterpark
- eine Trampolinhalle
- ein Bowlingcenter
- eine Eislaufhalle ...

Das sind alles Orte, an denen man viel Spaß zu zweit haben kann und an denen sich Gespräche ganz schnell von allein ergeben. 

UND NOCH EIN TIPP VON MIR: Trefft ihr euch zum ersten Mal und nicht bei dir zu Hause, dann sag am besten irgendwem Bescheid, wann und wo euer Date stattfindet. Das kann zum Beispiel deine große Schwester oder beste Freundin sein. Gerade wenn du deinen Schwarm noch nicht so gut kennst, ist das eine ganz einfache Sicherheitsmaßnahme und kann auf jeden Fall nicht schaden.

Das perfekte Outfit

Nun zum Thema, zu dem meine Freundinnen und ich uns immer stundenlang beratschlagt haben, obwohl es eigentlich doch gar nicht so wichtig ist: das Outfit. Mein wichtigster Tipp: Zieh dir etwas an, worin du dich wohlfühlst. Damit strahlst du nämlich die größte Selbstsicherheit aus und das ist viel attraktiver als eine zu enge Hose, die dir beim Essen nur die Luft abschnürt.

Wenn du **MAKE-UP** tragen möchtest, würde ich dir einen leichten, natürlichen Look empfehlen. Du brauchst dich weder zu verkleiden noch stark zu schminken. Trag einfach etwas BB-Cream auf, benutze etwas Mascara, Lipgloss und vielleicht noch Puder. Und wenn der Fall eingetreten ist, vor dem wir uns alle fürchten – du hast über Nacht einen Pickel bekommen – dann schau doch einfach auf Seite 25 nach.

Bist du generell eher ein Typ, der im Alltag viel Make-up trägt und du fühlst dich damit wohl, dann ist auch das okay – die Hauptsache ist, du bist du selbst und versteckst dich nicht hinter einer Maske. Ich finde ja, natürlich sind wir am allerschönsten und genau richtig, aber das habe ich auch erst mit der Zeit gemerkt 😉. Doch ich bin mir ganz sicher, dass es deinem Schwarm nicht so sehr auf dein Outfit und dein Make-up ankommen wird. Und falls doch, ist es wahrscheinlich nicht der oder die Richtige für dich.

Sei also du selbst, relax und genieß diesen Moment. Vielleicht wird es ein superschönes erstes Date und wenn nicht, kommt bestimmt bald das nächste. Dann hast du eine lustige Geschichte zu erzählen und bist um eine Erfahrung reicher. Und beim nächsten Mal fällt es dir bestimmt auch nicht mehr so schwer!

Der erste Kuss

Zum ersten Kuss gibt es wohl so viele Geschichten zu erzählen, wie es Menschen auf der Welt gibt. Ich erzähle euch hier mal meine Story ...

Meinen **ALLERERSTEN KUSS** hatte ich quasi aus Versehen in der zweiten Klasse (in meinem Fall also mit 7 Jahren), als wir auf dem Schulhof „Jungs fangen Mädchen" gespielt haben. Einer der besagten Jungs war Max und er wollte mich fangen. Ich fand das überhaupt nicht cool und wollte ihn um jeden Preis davon abhalten. Die beste Idee, die mir damals einfiel: „Ich küsse dich, wenn du mich nicht loslässt!" Gesagt getan. Max ließ mich sofort los, denn damals waren wir noch in der Phase, alles absolut **IIIIIHHHHH** und **BÄÄÄÄH** zu finden, was mit dem anderen Geschlecht zu tun hatte 😅.

Meinen **ERSTEN RICHTIGEN ERSTEN KUSS** hatte ich dann erst viele Jahre später mit meinem ersten Freund (und mittlerweile Mann) Hendrik. Es war zum Glück viel romantischer als damals auf dem Schulhof. Wir hatten uns mittlerweile schon einige Male verabredet und es war eigentlich ziemlich klar, dass wir beide ineinander verliebt waren.

Wir haben uns an dem Tag bei mir zu Hause getroffen, saßen in meinem Zimmer auf der Couch und haben einen Film geschaut (der übrigens überhaupt nicht romantisch war, sondern einfach nur lustig). So richtig hat sich keiner von uns beiden auf den Film konzentrieren können. Wir waren beide unglaublich aufgeregt und zwischen uns knisterte es gewaltig. Mit der Zeit rutschten wir immer enger zueinander und irgendwann ist es dann passiert.

DER ERSTE KUSS. Und es war wirklich schön! Max wäre vermutlich neidisch geworden .

Viele meiner Freundinnen meinten übrigens, Küssen müsse man vorher üben – zum Beispiel, indem man seine eigene Hand küsst ... Akward, I know! Wir waren alle einfach sehr unsicher, denn keiner möchte bei seinem ersten Kuss gleich als schlechter Küsser abgestempelt werden. Aber hab keine Angst: Das klappt ganz automatisch!

Schließ einfach deine Augen, versuch dich auf den anderen einzulassen und dann klappt das schon! Und beim Küssen gilt, wie in vielen anderen Dingen auch: Übung macht den Meister.

Online verlieben: Wie funktionieren Dating-Apps?

Du folgst deinen Freunden auf Instagram, verabredest dich mit ihnen über WhatsApp und schaust dir Tutorials auf YouTube an. Da ist es eigentlich ganz selbstverständlich, dass man online auch seinen Freund oder seine Freundin kennenlernen kann, oder? Gerade wenn du sehr schüchtern bist und dich vielleicht nicht traust, jemanden offline anzusprechen, sind Dating-Apps eine super Alternative. Ich habe bei dem Thema zwar selber nicht so viele Erfahrungen gesammelt, weil ich Hendrik, wie ihr wisst, in der Schule kennengelernt habe. Aber ich habe einige Freundinnen, die ihre Partner mithilfe einer Dating-App gefunden haben.

Allerdings ist besonders bei **DATING-APPS** Vorsicht geboten. Du kannst dir nie wirklich sicher sein, wer sich hinter dem Profil verbirgt. Die meisten sind vermutlich nette Menschen, aber es gibt immer wieder traurige Fälle, in denen es eben nicht so ist, weil sich eine Person als jemand anderes ausgibt.

Ich habe deshalb mal ein paar Tipps zusammengestellt, die du auf jeden Fall beherzigen solltest, wenn du eine Dating-App benutzen willst, um jemanden kennenzulernen.

Survival Guide für Dating-Apps:

- Nutze immer dein echtes Foto als **PROFILBILD** und sei bei deiner Profilbeschreibung ehrlich. Alles andere ist dem anderen gegenüber einfach nicht fair und führt nur zu Ärger und Enttäuschung.

- Stelle **KEINE ZU FREIZÜGIGEN FOTOS** von dir ins Netz oder verschicke welche. Denk immer dran: Alles was einmal online war, bleibt es auch – selbst nach dem Löschen.

- Steht das erste Date an: Sag unbedingt einer Freundin oder deinen Eltern vorher Bescheid. Und triff dich am Anfang möglichst an einem öffentlichen Ort. Da kann dir nichts passieren!

- Es gibt spezielle Dating-Apps, die ausschließlich **FÜR TEENAGER** gedacht sind, und es macht auch Sinn, diese zu nutzen, wenn du noch minderjährig bist. Schau doch einfach mal im Internet und im App Store nach oder sprich mit deinen Freunden – vielleicht haben sie ja ein paar gute Tipps 😉.

Was ist das – Sexting?

SIE Ich hätte Lust auf 🍆

😳 Und ich auf 🍑 ER

SIE Lädst du mich ein?

Komm, wann immer du willst. 😜 ER

SIE Hab echt Hunger. Beeil dich, ich suche das vegetarische Restaurant aus.

??? 😅 ER

Über dein Smartphone tauschst du dich mit deinen Freundinnen aus, du postest Bilder auf Instagram und diese Bilder sind für immer irgendwie im Netz zu finden.

Du hast einen Freund und ihr sendet euch Selfies über WhatsApp: Du in der Eisdiele mit deiner Freundin, er beim Sport – das ist alles harmlos. Aber vielleicht schickst du ihm ein Bild, was nur für ihn gedacht ist, und er leitet es weiter. Dann kann es immer weiter verschickt werden, obwohl du das gar nicht wolltest.

Wenn du mit deinem Freund per Smartphone über sexuelle Dinge sprichst bzw. schreibst, ihr euch ein bisschen **„HEIß MACHT“**, dann wird das **SEXTING** genannt. Das kommt von Sex und texten. Das macht Spaß und ist aufregend, du solltest aber vorsichtig mit den sogenannten **NELFIES** sein – das sind Selfies von dir, wenn du nackt bist. Auch wenn du deinem Freund vertraust – Nacktbilder von dir auf einem anderen Handy? Was, wenn sie jemand anderes sieht und weiterleitet? Wenn jemand sie online stellt? **AAAHHH!** Genau! Das ist nicht witzig! Deshalb schicke **NIEMALS** Nacktbilder von dir an jemanden, den du gar nicht kennst oder nur ein bisschen, der viel älter ist und der womöglich von dir verlangt, ihm freizügige Fotos zu schicken. Solltest du dennoch in die Situation kommen, dass solche Bilder von dir veröffentlicht wurden, dann such dir Hilfe – bei deinen Eltern, bei Vertrauenslehrern, bei der Polizei!

Was bedeutet eigentlich LGBTQ+?

Hast du schon mal was von **LGBTQ+** gehört? Ich habe richtig lange nicht gewusst, was das genau heißen soll, es klang irgendwie kompliziert. Dabei handelt es sich einfach nur um eine Abkürzung für **LESBIAN**, **GAY**, **BISEXUAL**, **TRANSGENDER** und **QUEER**, also auf Deutsch: **LESBISCH**, **SCHWUL**, **BISEXUELL**, **TRANSGENDER** und **QUEER**. „Queer“ wurde früher als Bezeichnung für Schwule verwendet, der Begriff bezieht aber heute alle anderen sexuellen Orientierungen mit ein.

Ich sag ja ... klingt kompliziert, ist es aber überhaupt nicht, wenn man es sich mal näher anschaut. Ich versuche es so einfach wie möglich zu erklären, versprochen:

LESBISCH	= Mädchen mag Mädchen
SCHWUL	= Junge mag Junge
BISEXUELL	= Mädchen oder Junge mag Mädchen *und* Jungen
TRANSGENDER	= jemand, der sich nicht nur über sein angeborenes Geschlecht definiert
QUEER	= alle anderen sexuellen Orientierungen

Und dann gibt es natürlich noch hetero- und homosexuell. Als **HETEROSEXUELL** gilt man, wenn man als Mädchen einen Jungen mag oder umgekehrt, und als **HOMOSEXUELL**, wenn man entweder schwul oder lesbisch ist.

Du hast all diese Begriffe bestimmt schon mal gehört, oder? Auch wenn du vielleicht noch nichts damit anfangen konntest, siehst du, dass es heute zum Glück schon viel leichter ist, nicht hetero zu sein, als noch vor 50 Jahren. Die Bezeichnung LGBTQ+ gibt es nämlich überhaupt erst seit den 90ern. Kannst du dir das vorstellen?

Liebe kommt in vielen verschiedenen Arten und Formen vor und nicht nur zwischen Junge und Mädchen. Für deine

Freundinnen gibt es zurzeit kein anderes Thema als Jungs, doch die interessieren dich so gar nicht? Kribbelt es aber in deinem Bauch, wenn eine Freundin dich anlächelt? Keine Sorge: Es ist wirklich vollkommen okay, wenn du dich als Mädchen zu einem anderen Mädchen hingezogen fühlst.

ALLES NORMAL!

Deine Gefühle können am Anfang verwirrend sein, auch wenn es bei uns mittlerweile in ganz weiten Teilen der Gesellschaft als ganz normal gesehen wird. Leider ist das zwar noch nicht überall so und nicht alle sind so tolerant, aber immerhin ist es KEIN TABUTHEMA mehr. Lass dir auf keinen Fall einreden, dass etwas mit dir nicht stimmt oder „falsch" ist. Das ist vollkommener Quatsch!

Du bist ganz wunderbar und hast es verdient zu lieben – egal wen. Ob hetero, homo oder bi – LIEBE IST LIEBE.

Wie und wann oute ich mich?

Wenn du zum ersten Mal verliebt bist, möchtest du natürlich am liebsten jedem davon erzählen. Je nachdem wie du aufgewachsen bist, kann es aber vielleicht schwierig sein, deinen Eltern zu sagen, dass du nicht hetero bist. Es erfordert Mut, sich nicht anzupassen, sondern gegen den Strom zu schwimmen. Genau das musst du aber tun, wenn du dich nicht dein Leben lang verstecken und selbst anlügen willst – denn das macht ziemlich unglücklich.

Wann der Zeitpunkt gekommen ist, dich zu **OUTEN** (also dich dazu zu bekennen, z.B. schwul oder lesbisch zu sein), wirst du spüren. Es muss auch nicht sofort sein. Lass dir Zeit. Ein guter Zeitpunkt dafür ist aber sicher, wenn du deine erste Freundin hast und es zwischen euch ernster wird. Wie schon gesagt, Liebe ist das schönste Gefühl auf dieser Welt und es mit deinen Freunden und deiner Familie zu teilen sollte eigentlich etwas sein, worüber du dich freust und nicht wovor du Angst hast. Solltest du dennoch auf Unverständnis stoßen, dann denke immer an diese Worte und lass dich nicht unterkriegen! Es ist wirklich nicht so wichtig, wen du liebst, solange es sich für dich richtig anfühlt.

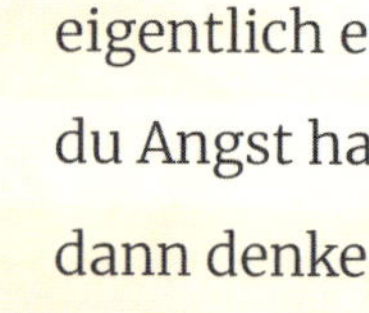

Auf YouTube gibt es viele Videos, in denen sich

Menschen öffentlich outen. Vor einigen Jahren hat eine bekannte amerikanische YouTuberin mal so ein Video gedreht. Vielleicht kennst du sie? Sie heißt INGRID NILSEN. Ihr Video hat mittlerweile 18 Millionen Aufrufe und fast eine Million Likes – krass oder? Allein die Zahlen zeigen schon, wie wichtig das Thema ist und wie relevant für so viele! Sieh dir ihr Video mal an, wenn es dich interessiert. Aber Vorwarnung: Es ist sehr emotional und hier und da wirst du vielleicht Tränen in den Augen haben. Hatte ich auch, kein Wunder! Es gibt etliche solcher Videos, schau sie dir einfach mal an und du wirst sehen: Du bist nicht allein.

Wie viele andere hatte auch Ingrid ihr Leben lang die Wahrheit verschwiegen. Das kann man auch gut verstehen: Es gibt leider immer noch Hass gegen die LGBTQ+-Community und gerade wenn man eher konservativ erzogen wurde, kann ein Outing ein richtiger Schock für die Familie sein. Das liegt natürlich nicht daran, dass es etwas Schlimmes ist, sondern daran, dass sie vielleicht mit einem anderen Weltbild groß geworden ist. Deine Oma wird das Thema zum Beispiel ganz anders sehen als deine Eltern oder deine Freunde, habe ich recht? Ist bei mir genauso 😉.

Wie du in deiner Familie konkret mit der Situation umgehen solltest, weißt du in deinem Inneren sicher am besten. Unsere Eltern lieben uns für die, die wir sind, und werden es verstehen und uns unterstützen!

Angst vorm Outing?

Vielleicht dreht sich bei dir allein bei dem Gedanken ans Outen gerade alles im Magen um vor lauter Angst und du denkst dir innerlich: „Keine Chance, dass meine Eltern das so einfach akzeptieren." Leider kann auch das sein – aber es ist in unserer Gesellschaft wirklich die Ausnahme! Wenn deine Familie einem ganz anderen Kultur- oder Religionskreis angehört, kann ein Outing schwierig sein, besonders dann, wenn du noch von ihr abhängig bist, weil ihr zusammenlebt.

Das bedeutet natürlich nicht, dass dir deine Eltern etwas Böses wollen – ganz im Gegenteil: Sie haben nur ein anderes Verständnis davon, was gut für dich ist. Das liegt daran, dass sie anders aufgewachsen sind und es ihnen daher extrem schwerfällt, offen mit etwas umzugehen, das zu ihrer Zeit ein Tabuthema war. Es ist nicht einfach, hier pauschal einen Tipp zu geben, weil jede Situation sehr individuell ist. Vielleicht ist es in so einem Fall aber besser, mit dem Outing bis zum Auszug von zu Hause zu warten. Am Ende kannst nur du das entscheiden, denn du kennst deine Familie am besten.

Was ich dir aber unbedingt noch mit auf den Weg geben will: Hab Mut und steh zu dem, wer du bist. Auch wenn es für deine Eltern anfangs vielleicht schwer sein wird, es zu akzeptieren, werden sie es in den meisten Fällen bestimmt mit der Zeit tun. Denn sie lieben dich, so wie du bist – und das Gleiche solltest du auch tun.

Die erste Beziehung

Willst du mit mir gehen?

Ja, nein, vielleicht?

Klar ... aber wohin denn?

Du dachtest, eure ersten Dates wären aufregend gewesen? Sobald ihr richtig zusammen seid, wird es erst wirklich spannend! Natürlich ist jede **BEZIEHUNG** anders, wie auch die Menschen, die sie führen. Die Regeln dafür müsst ihr gemeinsam bestimmen und es kann auch schon mal ein bisschen dauern, bis sich das bei euch beiden eingespielt hat.

In meiner Beziehung mit Hendrik habe ich einiges gelernt und kann dir in diesem Kapitel sozusagen als Expertin – obwohl mal ehrlich, wer ist schon ein totaler Experte auf diesem Gebiet? ☺ – ein paar Tipps geben, wie deine Beziehung hoffentlich mindestens genauso lange hält wie unsere.

Meine besten Beziehungstipps:

- Wie oft ihr einander seht, bleibt vollkommen euch überlassen. Es gibt Menschen, die sich nur zweimal in der Woche treffen wollen, solche, die eine **FERNBEZIEHUNG** führen, bei der man sich noch seltener sieht, und diejenigen, die sich am liebsten gar nicht mehr trennen wollen. Du und dein Freund/deine Freundin müsst gemeinsam entscheiden, was für euch am besten funktioniert. Das eine ist nicht besser als das andere, denn wir alle haben verschiedene Bedürfnisse und Wünsche nach Nähe in einer Beziehung.

- Vergiss bei all den Schmetterlingen im Bauch deine **FREUNDE** nicht. Klar ist es am Anfang einer Beziehung fast immer so, dass man sehr viel Zeit miteinander verbringen möchte, und dadurch leider seine Freunde etwas vernachlässigt. Das ist auch okay, solange es nicht zu einem Dauerzustand wird. Gute Freunde werden das verstehen und sich mit dir freuen. Aber spätestens nach einigen Wochen wird es Zeit, dich nicht länger nur ausschließlich auf deinen Partner zu konzentrieren.

- Viele Menschen gehen mit sehr hohen **ERWARTUNGEN** in eine Beziehung. Zum Teil fordern sie so viel von ihrem Freund/ihrer Freundin, dass er/sie enorm unter Druck gerät. Egal, wie sehr sie sich anstrengen, sie können den Erwartungen niemals gerecht werden.

  Zum Beispiel habe ich immer wieder von Hendrik erwartet, dass er von allein darauf kommt, weshalb es mir in manchen Situationen nicht gut geht und ich traurig bin. Für mich war es ganz klar, für ihn aber überhaupt nicht! Oder: Eine Freundin von mir hat sich immer das perfekteste aller perfekten Geschenke von ihrem Freund zum Geburtstag gewünscht. Sie selbst hat sich bei seinen Geschenken immer sehr viel Mühe gegeben, aber für ihn waren Geschenke gar nicht wichtig. Das Ergebnis: Enttäuschung und Streit.

Denk also immer daran: Niemand kann deine Gedanken lesen! Wenn du etwas ändern möchtest, dann sag es ganz offen und erwarte nicht, dass dein Partner von allein darauf kommt. Denn in den meisten Fällen wird das nicht passieren – wir sind schließlich keine Hellseher.

- **SEI OFFEN UND EHRLICH!** Wenn dir etwas nicht gefällt, dann sprich es an. Behalte es nicht aus Angst, den anderen zu verprellen, für dich. Eine Beziehung kann nur dann funktionieren, wenn ihr euch genug respektiert, um immer klar zu sagen, was euch gefällt und was nicht.

- Gib nicht sofort auf, wenn ihr eine schlechte Phase habt. Die wird in jeder Beziehung nämlich mal kommen und ist ganz normal! Auch aus **STREIT** kann manchmal etwas Gutes entstehen. Manche behaupten sogar, ab und zu mal zu streiten sei richtig gesund für die Beziehung. Versuch aber auch im Streit an eure tolle gemeinsame Zeit zu denken. Und ein ganz wichtiger Tipp: Sei respektvoll und werde nicht beleidigend. Sonst bereust du später oft, wenn die Emotionen etwas abgeklungen sind, was du einige Stunden zuvor gesagt hast.

- Lass dir von deinem Freund/ deiner Freundin niemals einreden, du wärst nicht gut genug. Du bist wunderschön, intelligent und perfekt. Niemand auf dieser Welt sollte dir etwas anderes erzählen.

- Bist du glücklich in der Beziehung? Macht dein Partner dir Komplimente, versucht, dich aufzumuntern und zu unterstützen oder macht er dich nur ständig runter? Kenne deinen WERT und denk immer daran, wie wunderbar du bist!

- Aus eigener Erfahrung kann ich dir sagen: Je mehr du dich selbst akzeptieren und lieben lernst (Ja wirklich! Selbstliebe ist wichtig und hat nichts mit Arroganz zu tun, ganz im Gegenteil!), desto gewappneter bist du auch bei dem Thema **EIFERSUCHT**. Damit hatten meine Freundinnen und ich früher nämlich oft Probleme – besonders ich. „Oh Mann, die ist ja viel lustiger, schlauer, schöner, besser als ich …“ Kommen dir solche Gedanken bekannt vor? Auch das ist ganz normal in der Liebe, sollte aber eines der Dinge sein, an denen du arbeitest, damit es zu keinem Dauerzustand wird. Das macht nur unglücklich und ist Gift für jede Beziehung.

Tipp:

Eine super Möglichkeit bei Selbstzweifeln ist es, ein Notizbuch zu führen. Schreibe jeden Tag auf, was dir Tolles passiert ist, was du an deinem Leben liebst, wofür du dankbar bist und was du an dir selbst magst – lauter positive Dinge. Klingt etwas komisch, hilft dir aber total dabei, dich selbst in einem neuen Licht zu sehen. Und je glücklicher du bist, desto weniger anfällig bist du auch für Eifersucht.

Keine Beziehung ist wie die andere. Es ist immer ein Lernprozess, bei dem man nicht nur etwas über den anderen, sondern vor allem auch über sich selbst und seine eigenen Bedürfnisse herausfinden kann. Nicht jede Beziehung wird für immer halten, aber das muss sie auch gar nicht. Menschen kommen und gehen, manche begleiten uns über einen längeren Zeitraum, andere bleiben nur kurz. Schließlich verändern wir uns mit der Zeit und manchmal passt es dann einfach doch nicht so gut, wie wir anfangs dachten.

Wenn es dir also selbst irgendwann auf Dauer nicht mehr guttut, weiterhin an der Beziehung festzuhalten, dann stehen bald womöglich die erste Trennung und damit der erste Liebeskummer bevor.

Ich will nicht mehr! Richtig Schluss machen

Ihr hattet mal eine schöne Zeit miteinander, aber seit einigen Monaten fühlt es sich irgendwie nicht mehr schön an? Ihr streitet euch ständig und du bist immer nur unglücklich in der Beziehung? Du denkst mehr und mehr darüber nach, wie es wohl ohne ihn/sie wäre?

Ich bin zwar grundsätzlich der Meinung, dass man nicht zu schnell aufgeben darf, doch manchmal ist eine Beziehung einfach nicht das, was wir uns erhofft haben, und es wird Zeit, sie zu beenden. Das erfordert wahrscheinlich großen Mut, aber denk daran, dass du weder dir noch deinem Freund/deiner Freundin einen Gefallen damit tust, wenn du in einer Beziehung bleibst, die du längst nicht mehr führen willst. Das ist nicht nur ihm/ihr gegenüber unfair, sondern auch dir!

Wenn du also den Entschluss gefasst hast, SCHLUSS zu machen, dann hilft dir diese kleine Liste hoffentlich weiter:

Don't:

- Regel Nummer 1: **NICHT ÜBER WHATSAPP UND CO.!** Glaub mir, das habe ich schon oft gesehen und es ist nicht nur feige, sondern dem anderen gegenüber auch extrem unfair. Sprecht euch lieber persönlich aus! So könnt ihr viel leichter mit dem Ganzen abschließen.

- Mach **KEINE FALSCHEN VERSPRECHUNGEN**, wie den Standardspruch „Lass uns Freunde bleiben", wenn du das gar nicht wirklich willst. Das führt am Ende nur zu noch mehr Kummer.

- So schwer es auch fällt, such die Fehler nicht ausschließlich bei deinem Partner und mach ihn nicht allein für das Scheitern eurer Beziehung verantwortlich. Manchmal passt es einfach nicht und dafür kann er/sie genauso wenig wie du.

Do:

☆ Sei **EHRLICH**! Es ist okay, wenn eine Beziehung nicht funktioniert. Das muss er/sie auch akzeptieren. Sag es ihm/ihr **PERSÖNLICH**. Das ist respektvoll und erwachsen.

☆ Wähle den richtigen Ort und den richtigen Zeitpunkt. Überfalle ihn/sie zum Beispiel nicht direkt vor einer wichtigen Prüfung oder nach einem schlimmen Erlebnis.

☆ Sei **VERSTÄNDNISVOLL**, aber lass dich nicht zu etwas überreden, das du nicht möchtest. Eine Freundin von mir ist zum Beispiel ständig wieder zu ihrem Ex zurückgegangen, obwohl er sie betrogen hat. Natürlich nachdem er immer wieder versprochen hatte, es nicht mehr zu tun. Kenne also deinen Wert und lass dir nichts anderes einreden!

Liebeskummer – Wie komme ich über ihn/sie hinweg?

So schön die erste große Liebe ist, so schmerzhaft kann leider auch die erste Trennung sein. Achtung, jetzt wird's richtig klischeehaft: Du ernährst dich nur noch von Eiscreme, dein Kissen ist bereits vollgeheult und glückliche Pärchen kotzen dich an? Hast du all seine oder ihre Bilder zerrissen und dir geschworen, dich nie wieder zu verlieben? Oder bist du einfach nur todtraurig und hast das Gefühl, nie wieder glücklich sein zu können? Ganz klar! Diagnose: **LIEBESKUMMER**!

Aber keine Sorge, es gibt Mittel dagegen ☺:

Don't:

- Stalke deine/n Ex nicht – weder auf Social Media noch im Real Life.

- Stürz dich nicht gleich in die nächste Beziehung.

- Denk nicht, es wäre verschwendete Zeit gewesen oder bereue die Beziehung. Alles, was passiert ist, hat dir etwas beigebracht, und dich darüber aufzuregen, macht es nicht rückgängig.

- Glaub nicht, du wärst alleine schuld an der Trennung. **BEZIEHUNGEN SIND KOMPLIZIERT** und es gehören immer zwei Menschen dazu. Manchmal ist es einfacher besser, einen Schlussstrich zu ziehen.

Do:

- Heul dich mal so richtig aus. Trauer zu verdrängen macht sie nur noch größer.

- Pack all die Dinge, die dich an deine/n Ex erinnern (Fotos, Kinotickets etc.), in eine Kiste und stell sie weg. So kannst du auch symbolisch mit der Zeit und der Person abschließen.

- **DENK POSITIV!** Wir neigen ja alle dazu, uns immer weiter selbst runterzuziehen, wenn es uns sowieso schon schlecht geht. Geh stattdessen raus, triff dich mit Freunden, fang ein neues Hobby oder Projekt an! Zu lange allein in deinem Zimmer zu sitzen wird dich nur noch unglücklicher machen.

- Rede mit jemandem über deine Gefühle. Glaub mir, das hilft dir sehr!

- Schreib ihm/ihr einen **ABSCHIEDSBRIEF**, aber schick ihn nicht ab, zumindest nicht, wenn du nicht willst. Du kannst ihn auch einfach zerreißen. Es kann helfen, sich die Trauer von der Seele zu schreiben.

- **KOPF HOCH!** Es wird besser – versprochen!!!

Bis du diese negativen Gefühle los bist, braucht es einfach Zeit. Sich für einige Tage abzuschotten, traurige **HERZSCHMERZ-MUSIK** zu hören, ins Kopfkissen zu weinen und Eiscreme zu futtern ist ziemlich normal. Nimm dir deine Zeit, komm dann aber wieder ins normale Leben zurück. Sich zu lange zu verkrümeln kann nämlich zur Folge haben, dass man sich immer einsamer fühlt und in einen Teufelskreis gerät, bei dem man immer trauriger und trauriger wird.

Triff dich mit deinen Freunden, sobald es dir besser geht, und unternehmt etwas Schönes gemeinsam. Vielleicht musst du dich im ersten Moment zum Rausgehen zwingen, aber es wird dir im Nachhinein sehr guttun! Auch wenn du am Anfang nicht so super drauf bist, deine Freunde wissen ja, was mit dir los

ist, und werden bestimmt ihr Bestes geben, um dich wieder aufzumuntern. GUTE FREUNDE werden es verstehen und dich nicht für deine schlechte Laune verurteilen.

Nach und nach wirst du merken, wie gut dir die Ablenkung tut, wieder unter Leute zu kommen und an etwas anderes zu denken, als die blöde Trennung und die noch blöderen Gründe dafür. Mit der Zeit wirst du über ihn oder sie hinwegkommen und wieder glücklich sein. Versprochen!

In dem Moment, in dem es noch so sehr wehtut, denkst du zwar vielleicht, dass das niemals möglich sein wird. Aber aus eigener Erfahrung kann ich dir sagen, dass jedes schlechte Gefühl auch irgendwann vergehen wird. Das geht sogar noch schneller, wenn du versuchst, dich auf das POSITIVE und SCHÖNE zu konzentrieren. Und sei dir ganz sicher: In deinem Leben gibt es jede Menge davon! Dein Glück hängt nicht von einem einzigen Menschen allein ab.

Vielleicht helfen dir auch folgende Gedanken:

- So oder so kannst du die Vergangenheit nicht rückgängig machen.

- Dein Ex wird immer einen kleinen oder großen Teil deines Lebens ausmachen – egal ob eure Beziehung gut oder schlecht geendet ist.

- Selbst aus der schlimmsten Beziehung kannst du sehr viel für dein weiteres Leben mitnehmen. Versuche, daraus zu lernen und Fehler nicht zu wiederholen.

- Sieh die Trennung nicht als Ende von deinem Glück in der Liebe, sondern als Anfang von etwas ganz Neuem, was noch besser werden wird, weil du nun schon viel erfahrener bist!

#DASERSTEMAL

#SEX

#VERHÜTUNG

#PILLE

ALLES über das ERSTE MAL

Wie verhüte ich richtig?

Wenn du einen Freund hast und ihr beide miteinander schlafen wollt, solltest du dir Gedanken über Verhütung machen – oder besser gesagt: Ihr solltet *euch beide* darüber Gedanken machen! Denn Verhütung ist SOOO wichtig und sie ist auf keinen Fall nur deine Sache! Junge Menschen, die sich erwachsen genug fühlen, um Sex zu haben, sollten auch erwachsen genug sein, sich um die Verhütung zu kümmern. Vielleicht möchte dein Freund KONDOME benutzen, und vielleicht möchtest du dir auch die PILLE verschreiben lassen. Ich habe ja schon geschrieben, dass die meisten deswegen das erste Mal zum Frauenarzt gehen.

Kondome schützen nicht nur vor einer Schwangerschaft, sondern auch vor GESCHLECHTSKRANKHEITEN und Infektionen. Sie sind also was das angeht sicherer und wenn du deinen Freund noch nicht so lange kennst, sind Kondome eine gute Wahl – wenn sie richtig angewendet werden. Die Pille ist ein sehr sicheres Verhütungsmittel, aber auch die musst du regelmäßig einnehmen, damit sie richtig wirkt.

Was gibt es für Verhütungsmittel?

Du weißt ja inzwischen, wie dein Zyklus funktioniert und warum du deine Tage bekommst. Außerdem habe ich dir vom Eisprung erzählt, aber du bist keinesfalls nur an diesem Tag fruchtbar. Denn wenn du ein paar Tage vor deinem Eisprung UNGESCHÜTZTEN GESCHLECHTSVERKEHR (ich weiß, echt blödes Wort) hattest, dann können die Spermien in der Gebärmutter oder im Eileiter durchaus noch lebendig sein und sich dann mit dem Ei vereinen. Das befruchtete Ei nistet sich in der Gebärmutter ein und ein Baby wächst heran – du bist also schwanger und bekommst deine Tage nicht mehr. (Wobei manche Frauen trotz Schwangerschaft ihre Tage oder Blutungen kriegen!)

Jedenfalls sind Babys echt süß und Mutter werden ist bestimmt toll – aber nicht, wenn das mit 14 passiert. Höchstwahrscheinlich auch nicht mit 16 oder 18!

Deswegen: VERHÜTEN. VERHÜTEN. VERHÜTEN!

Kondome

Das sind meist Latexhüllen, die über den erigierten Penis abgerollt werden (ganz abrollen, sonst rutschen sie wieder hoch!) und verhindern, dass Sperma in deine Scheide gelangt. Kondome schützen zudem vor Geschlechtskrankheiten. Übrigens: Niemals zwei Kondome übereinanderziehen! Das macht sie nämlich unsicherer statt sicherer!

Pille

Es gibt im Wesentlichen zwei unterschiedliche Pillen, also Tabletten, die über den Mund eingenommen werden: MINIPILLEN und KOMBINATIONSPRÄPARATE. Die Minipille verändert die Gebärmutterschleimhaut und verhindert die Einnistung des Eis. Sie muss möglichst immer zur selben Tageszeit eingenommen werden. Kombi-Pillen verhindern den Eisprung.

Die Unterschiede liegen bei den Pillen also in der Hormondosis und der Art der Einnahme. Viele Pillen werden zum Beispiel 21 Tage lang genommen, dann wird 7 Tage eine Pillenpause eingelegt, in der du auch deine Tage bekommst.

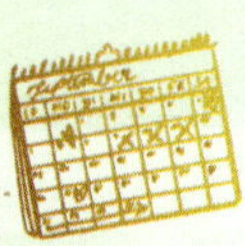

Ich habe bisher noch nicht so viel über HORMONE geschrieben, aber du weißt sicherlich, dass der Menstruationszyklus hauptsächlich von Hormonen gesteuert wird. Und mit der Pille nimmst du Hormone ein, die dem Körper Signale senden, dass zum Beispiel die Gebärmutterschleimhaut nicht so stark aufgebaut werden soll oder kein Eisprung stattfinden soll. Du kannst also nicht schwanger werden.

Wenn du die Pille willst, informiere dich vorher genau über die verschiedenen Präparate – das kannst du auf seriösen Seiten im Internet machen, über Broschüren oder Freundinnen und natürlich über deine Frauenärztin bzw. deinen Frauenarzt!

Welche Pille ist für mich geeignet?

Auch darüber solltest du mit deiner Frauenärztin oder deinem Frauenarzt sprechen. Es gibt nämlich auch noch andere Gründe als Geschlechtsverkehr, warum sich Frauen die Pille verschreiben lassen, wie zum Beispiel:

- Unregelmäßige Blutungen
- Starke und schmerzhafte Blutungen
- Hautprobleme und Akne
- Migräne
- Stimmungsschwankungen (PMS)

All diese Beschwerden kann die Pille vermindern, sie kann also mehr, als nur die Empfängnis verhüten. Vergiss aber nicht, dass die Pille keine Schönheits- oder Gesundheitstablette ist. Sie ist letztlich ein Medikament und hat damit auch Nebenwirkungen, wie das erhöhte Risiko für Blutgerinnsel (Thrombose!). Rauchen ist also absolut tabu mit Pille!

Wichtig ist, dass du dich genau an die Angaben hältst und die Pille regelmäßig einnimmst – und auf Reisen die Pillenpackung immer einpacken! Wenn du die Pille mal vergessen hast oder unter einem Magen-Darm-Infekt leidest, lies auf jeden Fall nach, wie du dich verhalten sollst – also wie lange du die Pille noch im Nachhinein nehmen kannst und ob der Verhütungsschutz noch besteht. Im Zweifelsfall bitte immer ein Kondom benutzen!

Und wenn du die Pille nicht verträgst, du Blutungen bekommst, Kopfschmerzen oder Wassereinlagerungen hast oder du zunimmst, oder du dich depressiv fühlst, sprich mit deiner Ärztin darüber, dann solltest du vermutlich die Pille wechseln oder lieber eine andere Verhütungsmethode benutzen. Es kann auch vorkommen, dass du eine Pille nicht verträgst. Deine Frauenärztin oder dein Frauenarzt wird dir daraufhin eine Pille mit anderen Wirkstoffen empfehlen.

Was gibt es noch für Verhütungsmittel?

Natürlich gibt es neben Kondomen und der Pille auch noch jede Menge andere Verhütungsmittel, wie die **DREIMONATS-SPRITZE** oder das **VERHÜTUNGSSTÄBCHEN**, was in den Oberarm eingesetzt wird, oder **SPERMIZIDE**, also Mittel, die vor dem Geschlechtsverkehr in die Scheide eingeführt werden und die Spermien abtöten. Oder es gibt viele verschiedene **SPIRALEN**, also T-förmige Stäbchen aus Kunststoff, die in der Gebärmutter eingesetzt werden und dort mit oder ohne Hormone wirken und eine Schwangerschaft verhindern. Spiralen, oder auch Pessare genannt, sind jedoch für dich ungeeignet und eher für Frauen gedacht, die schon mal ein Kind bekommen haben, weil bei ihnen im Unterleib alles etwas gedehnter ist. Die meisten jungen Menschen verhüten mit der Pille oder Kondomen.

Und dann gibt es noch Methoden, die **KEINE VERHÜTUNGS-METHODEN** sind:

Pille Danach

Wenn du Sex hattest und kein Verhütungsmittel verwendet hast oder ihr hattet einen Verhütungsunfall, kannst du dir (ohne Rezept) sofort die **PILLE DANACH** in der Apotheke holen (nachts oder am Wochenende gibt es Notdienst-Apotheken). Wenn du unter 18 Jahren bist und dir die Pille Danach vom Arzt verschreiben lässt (nachts oder am Wochenende gibt es ärztliche Bereitschaftsdienste, erreichbar auch immer und ohne Vorwahl unter: 116117), ist sie für dich sogar kostenfrei, bis zum vollendeten 22. Lebensjahr musst du etwas dazubezahlen. Informier dich vorab im Internet genau darüber.

Wichtig ist noch zu wissen, dass du sie unter 14 Jahren meist nur mit Rezept vom Arzt oder mit einer Einverständniserklärung deiner Eltern bekommst. Bei 14- bis 18-Jährigen liegt es im Ermessen des Apothekers, ob er sie dir aushändigt oder nicht, meistens bekommst du sie aber. Die Pille Danach kannst du zwar bis zu fünf Tage nach dem Verhütungsunfall nehmen, aber je schneller, desto besser. Die Pille Danach verschiebt den Eisprung, sie ist also keine Abtreibungspille und sie ist auch **KEIN VERHÜTUNGSMITTEL!** Aber es ist gut, dass es sie gibt, und wenn du sie brauchst, zögere nicht, sie dir zu besorgen. Ist dir peinlich? Überleg mal: Viel peinlicher als der Auftritt in der Apotheke ist der Auftritt ein paar Monate später in der Schule mit dickem Bauch ☺.

Coitus interruptus

Klingt blöd und ist auch blöd! Hier zieht der Junge kurz vor seinem Orgasmus den Penis aus der Scheide, damit kein Sperma eindringt. ABER: Vor dem Orgasmus „verlieren" die Jungs schon sogenannte Lusttropfen mit Sperma und es kann außerdem auch mal nicht rechtzeitig klappen. Also: DON'T! Das ist KEIN VERHÜTUNGSMITTEL!

Natürliche Methoden (NFP)

Momentan gibt es bei jungen Frauen wieder den Trend, auf hormonelle Verhütung zu verzichten. Denn auch Pille und Co. können Nebenwirkungen haben und sind Medikamente, die sich stark auf unseren Körper auswirken. Viele Frauen greifen stattdessen auf die sogenannten NATÜRLICHEN METHODEN zurück.

Zu einer der bekanntesten Methoden gehört da die TEMPERATURMETHODE. Während des Eisprungs steigt die morgendliche Körpertemperatur – wenn sie wieder sinkt, sind die fruchtbaren

Tage also vorbei. Diese Methode funktioniert nur dann zuverlässig, wenn man seinen Körper sehr gut kennt, jeden Tag diszipliniert seine Temperatur misst und diese auch notiert.

Klingt kompliziert? Diese Methode spielt auch eher später bei der Familienplanung eine Rolle. Sich darauf als Verhütung zu verlassen ist unsicher, besonders wenn du recht jung bist und dein Zyklus noch unregelmäßig und unvorhersehbar sein kann.

DON'T:

Ach, ich müsste ja bald meine Tage bekommen, also ist der Eisprung vorbei und ich kann nicht schwanger werden, dann brauchen wir kein Kondom. **NEIN!** Das ist **KEINE VERHÜTUNGSMETHODE**.

Kein Sex

Das klingt jetzt komisch, aber keinen Geschlechtsverkehr zu haben, weil man Angst vor einer Schwangerschaft hat, oder sich nicht traut, mit dem Freund darüber zu sprechen, ist auch kein

Verhütungsmittel. Mit dem richtigen Partner macht Sex Spaß und wenn du es möchtest, dann darfst du auch Sex haben – wenn ihr verantwortungsbewusst verhütet. Und denk dran: #NURWENNICHESWILL und nicht, wenn er es will.

Darf ich mit meinem Freund schlafen, wenn ich meine Tage habe?

Ja, das ist eigentlich völlig in Ordnung, aber du musst es auch wollen und dich dabei wohlfühlen. Manche Frauen entspannt es, während der Periode Sex zu haben – vielleicht hast du aber auch starke Blutungen oder Bauchschmerzen und willst lieber kuscheln. Oder es ist dir einfach unangenehm.

Wenn du Sex haben möchtest, denk trotzdem an Verhütung (am besten ein Kondom, denn während der Periode bist du anfälliger für Infektionen), entferne auf jeden Fall den Tampon, falls du einen benutzt, und lege vielleicht ein Handtuch unter deinen Po – wobei meistens gar nicht viel Blut austritt. Falls aber doch, kannst du das Bettlaken mit kaltem Wasser ausspülen.

Wann bin ich bereit für das erste Mal?

Du bist schon eine Weile mit deinem Freund zusammen und ihr küsst euch nicht nur, sondern ihr streichelt euch auch und wollt auch miteinander schlafen? Dann ist es wahrscheinlich bald Zeit für dein erstes Mal.

DAS ERSTE MAL. Drei winzige Worte, die eine so große Bedeutung haben. Über das erste Mal hast du wahrscheinlich schon so viele Geschichten gehört – gute und schlechte –, dass du selbst nicht weißt, was du davon halten sollst. Aus eigener Erfahrung kann ich dir aber sagen: Sehr vieles, was deine Mitschüler über angebliche Erlebnisse erzählen, sind bloß Gerüchte, sehr stark ausgeschmückte Geschichten oder ist schlicht nicht wahr.

Mir ist das deshalb so wichtig, weil in meiner Klasse damals sooo viele Leute erzählt haben, was sie schon alles mit ihrem Freund/Freundin gemacht haben. Dadurch haben sie alle, die diese Erfahrungen noch nicht hatten, total gestresst. Was für ein Blödsinn!

Es gibt absolut keinen Grund, sich mit dem ersten Mal **SEX** zu stressen. Keine Panik! Das erste Mal ist kein Wettrennen, sondern soll eine wunderschöne Erfahrung für dich werden – hoffentlich mit jemandem, der dich wirklich verdient hat. Deshalb ist es auch so wichtig, dass du abwartest, bis der **RICHTIGE ZEITPUNKT** gekommen ist, und dich nicht zu irgendetwas drängen lässt – und sollte es ein bisschen länger dauern, bis es so weit ist: Ist überhaupt nicht schlimm!

Offiziell ist Sex in Deutschland zwar ab 14 Jahren erlaubt, die meisten haben ihr erstes Mal aber deutlich später! Es ist allein deine Sache, wann du dich bereit dafür fühlst. Bei Zweifeln würde ich dir raten – warte lieber ab. Wenn du noch nicht möchtest, aber dein Freund schon, redet darüber, er wird es mit Sicherheit verstehen. Und wenn nicht – dann hat er eben Pech gehabt! Sollte dich irgendjemand auslachen, weil du noch keinen Freund oder keinen Sex hattest, ignorier ihn einfach. Das geht wirklich niemanden etwas an!

Sex ist in unserer Gesellschaft immer noch irgendwo ein Tabuthema und etwas, worüber man gerade mit seinen Eltern nicht gerne spricht. Aber auch hier würde ich dir eher empfehlen, offen und ehrlich zu sein, wenn sie dich danach fragen. Sie haben diese Erfahrungen alle schon hinter sich, sorgen sich um dich, lieben dich und wollen meist nur dein Allerbestes. Natürlich musst du bei dem Thema nicht groß ins Detail gehen, aber gerade bei uns Mädels macht es sehr viel Sinn, vor dem ersten Mal zum Frauenarzt zu gehen. Aber mehr dazu liest du am besten im Kapitel FRAUENARZT nach.

Wenn der Partner stimmt, du es wirklich von dir aus willst und ihr – ganz wichtig – an VERHÜTUNG (mehr dazu im vorherigen Kapitel) gedacht habt, dann kommen hier ein paar Erklärungen für Begriffe zum Thema Sex, die du vielleicht schon mal gehört hast.

Kleines Sex-Lexikon – Was ist eigentlich ...?

Petting

Petting bedeutet so viel wie streicheln und bezeichnet alle sexuellen Handlungen, die nicht Sex sind – also Stimulieren des Partners durch Streicheln, Lecken, Küssen und was euch sonst noch einfällt ... Petting kann übrigens auch zum Orgasmus führen, deshalb probieren sich sehr viele Mädchen und Jungs übrigens zuerst daran aus, bevor sie miteinander schlafen!

Erektion

Durch Petting kommt es zur Erektion des Penis. Das funktioniert so: Unter der elastischen Penishaut befinden sich drei Schwellkörper, zwei auf der Oberseite des Glieds und einer an der Unterseite (für die genauen Bezeichnungen siehe S. 72). Bei ERREGUNG füllen große Blutadern diese Schwellkörper sehr schnell mit Blut, wodurch der Penis sich vergrößert, steif wird und bereit für Sex ist.

Orgasmus

Das ist der Höhepunkt der sexuellen Erregung – oder oft einfach nur HÖHEPUNKT. Im Körper passieren dabei jede Menge Dinge: Die Geschlechtsorgane werden stark durchblutet, die Muskeln zucken und es fühlt sich alles wie in einem Rausch an oder bei einer ganz tiefen Entspannung. Gleichzeitig spürst du ein warmes Gefühl im Bauch und ganz viel Kribbeln in deinen Geschlechtsorganen. Es ist etwas schwer zu beschreiben, aber eigentlich muss man das auch gar nicht. Wenn du einen Orgasmus hast, dann merkst du das nämlich ganz automatisch. Und noch ein **FUN FACT**: Der Orgasmus dauert bei uns Mädels dreimal länger als bei den Jungs 😉.

Oralsex

Das bezeichnet sowohl bei Mädchen als auch bei Jungs die Stimulation der Genitalien mit dem Mund – durch Lecken, Küssen, Lutschen oder Saugen. Auch dadurch können beide zum Orgasmus kommen!

Blowjob

Bei Jungs hat der Oralsex diese spezielle Bezeichnung, die du vielleicht schon mal gehört hast. Der Begriff kommt aus dem Englischen und bedeutet eigentlich „pusten", aber beim Blowjob oder auch **BLASEN** geht es eher darum, den Penis des Jungen zu lecken und zu küssen – eben ihn in den Mund zu nehmen und mit der Zunge zu stimulieren. Dabei kann der Junge auch kommen, also einen Orgasmus haben.

Geschlechtsverkehr

Bezeichnet das, was viele damit meinen, wenn sie **SEX** oder **MITEINANDER SCHLAFEN** sagen. Es ist laut Lexikon die Penetration (was für ein Wort …) des Penis in die Vagina, also das Einführen des Penis in die Scheide. Aber das klingt irgendwie so … biologisch und gar nicht romantisch, oder? Keine Sorge 😉! Zum Sex gehört noch so viel mehr, als es diese Definition aussagen kann, und du wirst es bestimmt selbst herausfinden!

Sextoys

Sind quasi Spielzeuge für den Sex. Da gibt es jede Menge. Am bekanntesten sind zum Beispiel Vibratoren, Dildos oder Liebeskugeln. Keine Sorge, wenn du das alles nicht kennst. Fürs erste Mal sind diese Dinge eh nicht so gut geeignet, sondern eher, wenn du etwas mehr Erfahrung gesammelt hast.

Lass dich von all diesen Begriffen nicht verwirren! Auch wenn sie dir ganz neu vorkommen, wirst du mit der Zeit deine eigenen Erfahrungen machen und dabei alles kennenlernen, was du möchtest. Guter Sex bedeutet nicht, alles auszuprobieren, sondern … Das findest du am besten selbst heraus!

Meine Tipps für das erste Mal:

- Wähle einen Ort, an dem du dich sicher, ungestört und wohlfühlst. Vielleicht dein eigenes Zimmer?

- Geht es GANZ LANGSAM an und probiert aus, was euch gefällt. Küssen, streicheln, den anderen berühren, all das ist so schön vor dem Sex! Lasst euch also viel Zeit bei dem sogenannten VORSPIEL! Besonders bei uns Mädels dauert es nämlich gerne mal etwas länger, bis wir in die richtige Stimmung kommen und uns ganz auf den anderen einlassen können. Das ist vielleicht etwas verwirrend, weil es gut sein kann, dass dein Freund schon direkt loslegen könnte. Aber ihr müsst einen gemeinsamen Weg finden, der euch beiden gefällt, denn genau darum geht es beim Sex: Ihr sollt beide Spaß daran haben! Und glaub mir: Auch die Jungs werden streicheln, küssen und Petting so richtig genießen!

- Am Anfang weiß man noch nicht, was der andere gerne mag, und muss es erst herausfinden. Sobald dir etwas wehtut oder du dich unsicher fühlst, sprich es an! Hab keine Angst, damit die Stimmung zu ruinieren. Sex soll für dich ein SCHÖNES ERLEBNIS sein. Leider läuft es selten so ab, wie du es aus Filmen kennst – obwohl, warum eigentlich *leider*? Es ist doch spannend, die Regeln selbst festzulegen! Denn genauso kannst du auch sagen, wenn dir etwas gut gefällt. Das solltest du sogar. So werdet ihr euch nach und nach aneinander herantasten und euch noch besser kennenlernen.

- Verabschiede dich am besten direkt von dem Gedanken, dass beim ersten Mal alles sofort perfekt wird. Wenn es so sein sollte, ist das selbstverständlich toll. Bis der Sex perfekt ist, dauert es aber oft viel länger. Anfangs ist man noch nervös und angespannt und kann sich nicht so richtig fallen lassen. Mit der Zeit wird sich das aber legen, glaub mir.

- Entspann dich und zerbrich dir nicht den Kopf! Es ist überhaupt nicht wichtig, welche Unterwäsche du trägst und wie dein Bauch wohl gerade aus dem und dem Winkel aussieht. Das wird auch deinem Schatz völlig egal sein. Versuch einfach, den Moment zu GENIEẞEN!

- Und wenn eine Panne passiert ist? Dann nehmt es mit Humor! Die meisten von uns machen sich beim ersten Mal so viel Druck, dass sie es am Ende gar nicht richtig genießen können. Keine Sorge, beim nächsten Mal wird es besser. Denn auch beim Sex lernt man mit der Zeit sehr viel dazu.

Denk einfach daran, dass Sex kein Theater ist, bei dem du von jetzt auf gleich performen musst. So sieht es nämlich in Filmen aus ;-). Je freier und entspannter du bist, desto besser wird es. Alles ist erlaubt, solange es euch beiden gefällt. Verlass dich dabei einfach auf dein Gefühl! Und ganz wichtig: HAVE FUN! Sex ist wunderschön und bei jedem Mal lernst du dich und deinen Partner noch besser kennen!

Danke!

An einem Buch sind immer viele Leute beteiligt, die nicht im Titel genannt werden, und hier habe ich das Gefühl, dass besonders viele dazu beigetragen haben. Denn ohne meine Community wäre dieser kleine Traum für mich nicht wahr geworden.Vielen Dank an die über eine Million wundervollen Menschen auf YouTube und Instagram, mit denen ich mein Leben teilen darf. In den letzten Jahren habe ich so viel durch euch gelernt.

Danke außerdem an das gesamte Team im Loewe Verlag, das an diesem Buch gearbeitet hat. Mein besonderer Dank geht hier an Nadja und Sarah. Danke für eure Geduld und eure Hilfe!

Natürlich möchte ich auch meinem Mann Hendrik danken. Wie immer hast du mir den Rücken für dieses Projekt freigehalten, mich motiviert und unterstützt, wo du konntest. Ich hoffe, ich kann dir das irgendwann zurückgeben.

Und zum Schluss danke an jeden, der dieses Buch gelesen hat. Eure Aufmerksamkeit und Zeit sind ein Geschenk für mich und ich bin von Herzen dankbar dafür.

BARBARA SOFIE ist YouTuberin der ersten Stunde. Im Jahr 2012 gründete sie aus dem Kinderzimmer heraus ihren Lifestyle-Kanal „BarbaraSofie“ – damals noch unter dem Namen „Barbieloveslipsticks“. Mittlerweile gehört sie zu Deutschlands erfolgreichsten Videobloggern und Instagrammern. Ihre Community unterhält sie mit Themen aus den Bereichen Beauty, Fashion, aber auch Home, Life und Reisen. Derzeit lebt sie mit ihrem Mann und Hund in NRW. **MÄDCHENTALK MIT BARBARASOFIE** ist ihr erstes Buch, in dem sie Mädchen Tipps rund um Liebe, Aufklärung und Beziehung gibt.

ISBN 978-3-7432-0653-3
1. Auflage 2020

Co-Autorin: Nadja Fendrich
Fotos: S. 125 © Freepik und © Bakar015 / Freepik,
alle weiteren Fotos © Barbara Dalecki
Innenillustrationen: Laura Rosendorfer
Umschlagfotos: © schab/Shutterstock.com, © J.D.S/Shutterstock.com,
© kasha_malasha/Shutterstock.com, © primiaou/Shutterstock.com,
© balabolka/Shutterstock.com, © somen/Shutterstock.com
Umschlaggestaltung: Ramona Karl
Redaktion: Sarah Braun
Printed in the EU

www.loewe-verlag.de